中国公民艺术素养调查
（2015）

Survey of Chinese
Citizens' Art Literacy in 2015

祁　艳　主编

文化藝術出版社
Culture and Art Publishing House

图书在版编目（CIP）数据

中国公民艺术素养调查（2015）/ 祁艳主编. —北京：文化艺术出版社，2016.7

ISBN 978-7-5039-6170-0

Ⅰ.①中… Ⅱ.①祁… Ⅲ.①公民－艺术素质－调查报告－中国－2015②公民－艺术修养－调查报告－中国－2015 Ⅳ.①J03②J12

中国版本图书馆CIP数据核字（2016）第173374号

中国公民艺术素养调查（2015）

主　　编　祁　艳
责任编辑　周进生　叶茹飞　石中琪
装帧设计　姚雪媛
出版发行　文化艺术出版社
地　　址　北京市东城区东四八条52号　（100700）
网　　址　www.whyscbs.com
电子邮箱　whysbooks@263.net
电　　话　（010）84057666（总编室）　84057667（办公室）
　　　　　（010）84057691—84057699（发行部）
传　　真　（010）84057660（总编室）　84057670（办公室）
　　　　　（010）84057690（发行部）
经　　销　新华书店
印　　刷　国英印务有限公司
版　　次　2016年8月第1版
印　　次　2016年8月第1次印刷
印　　张　4
字　　数　40千字
开　　本　880毫米×1230毫米　1/32
书　　号　ISBN 978-7-5039-6170-0
定　　价　18.00元

本书为中国艺术科技研究所自主研究课题的研究成果

课题负责人 祁 艳

课题组成员 胡晓群 张素贤 陈 林

柳 鹏 石慧玺 李 丽

目录

序 言

由中国艺术科技研究所祁艳博士主持的实证性课题《中国公民艺术素养调查（2015）》的公开出版，为决策者提供了参照性知识方案，同时也为学术界的相关研究提供了必要的实证材料与问题线索。在定量研究最大化的同时，适度给予定性分析，而且从一开始就充分显示出知识行动的靶向效应，仅就这一点而言，我认为这是一份难得的研究成果，而且也愿意不揣冒昧地为之作序。

公共文化政策自中国语境获得命题合法性以来，从决策、执行、监管到追诉等过程环节，都还远未从“旧常态”的“权力操控”型制转换至“契约运行”方式的“新常态”，无论体制功能抑或各类实际操作的文化建设项目，包括那些已经“工程化”或者至少冠以工程之名的项目，都还无法判定为程序正义、绩效标杆清晰、责任主体与后果追诉完全到位、项目启动基于大量调研基础上的“社会最大公约数”与专业性技术方案坚实支撑之上等。正因为如此，在文化建设的某些具体环节，容易导致“体制空转”和“自娱自乐”的不良后果。对于这样的不良后果，我们一定要在党的十八大，十八届三中、四中、五中全会精神的引领下，按照习近平同志系列讲话的要求，求真务实、立足改革、锐意进取，使公共文化政策切实在以人民为中心的正确道路上确保其正义性、效率性、科学性和可操作性，使公共文化以健康的姿态和更大的体量惠及追求“中国梦”早日实现的亿万中国人民。

正是从这个意义上说，《中国公民艺术素养调查（2015）》具有特定环节先行先试的意义。也就是说，无论是命题价值取向还是该项目的课题宗旨，都是以“新常态”为逻辑起点，从而力图以新的思考问题方式与解决问题方式，致力于我们所从事的神圣的文化建设事业。

由这一逻辑起点出发，课题组通过问卷调查、实地访谈、网络互动等操作方式，征集到一定规模的决策参考资料和原始研究材料。这些决策参考资料和原始研究材料之所以能够获得其实证可信度，是因为无论预案行为还是随机行为，都是在社会统计规范模型的约束下所从事的边际内知识行动。模型规范与边际限制，使得精心采集的数据标本与随机抽取的采样个案，其实都在先行确立的规则和程序的统辖之下，所不同的不过有些体现为显性统辖，有些则体现为隐性统辖。

课题组在诸多分类问题上倾注了大量心血，而且取得了可喜的成果。就人类文明进程而言，分类处置能力与秩序建构能力是两大文明驱动力，所以对于本研究报告而言，能在何种程度上建立起具有自身特色又符合社会普遍可接受的分类标准，并对这些分类标准进行功能编序以及给予切合公共艺术生活实际的语义定位，就将很大程度上决定其项目成败。就这一点而言，课题组不仅做出了极大的努力，而且也把这种努力较好地转换为文本阐释成果与实际调研工作的义项规则，从而最大限度地避免了重复测值与过度阐释的通病。略有遗憾的是，如果课题组成员能够对某些关键性数据，进行“探素性数据分析”技术处置，将不仅会在排序和评秩方面有更大的建树，而且也会在解决有限样本的方差和效率问题方面有更加令人置信的作为。

尽管如此，我可以在自己所从事的公共文化政策研究知识域内，旗帜鲜明地表明自己的态度，那就是，虽然《中国公民艺术素养调查（2015）》报告还很稚嫩，还有诸多不足，但其成果价值是我们应该予以充分肯定的，并且突出体现在：

（一）这份研究报告给广大文化工作者尤其是决策者们一个明确的信号：我国公共文化建设的“新常态”必须而且正在大踏步地向我们走来，“五位一体”的总体战略布局及其行动路线必须而且已经逐步在公共文化建设领域落地并且全面推进，靠“拍脑袋”做文化工作的日子必须而且终将成为记忆中的残缺历史。

（二）这份研究报告虽然只是对中国公民艺术素养一个义项进行专题调研并给出相应的分层价值判断与分类问题剖析，但却提醒广大文化工作者尤其是决策者们，还有更多的义项等待我们去给予编序并跟进性地大规模进行调研，还存在无数表层抑或深层矛盾结构的文化问题需要我们依靠科学杠杆和民主理性，逐步地啃硬骨头，从而使我们的文化工作最大限度地告别形式主义、官僚主义和消极政绩观念。

（三）这份研究报告充分体现了以人民为中心的根本价值方向，全体中国公民都是其发现问题、分析问题和解决问题的公共利益主体，而不是把着眼点放在诸如系统内、体制内、工作范围内甚至特定利益群体内，仅此而言，课题成果价值的正义性与效率性就值得给予充分肯定。

科学的公共文化政策研究，其知识域谱系框架在我国还远未完善，一切涉身者都有责任和义务在走向完善的道路上拼搏和努力，以推动中国公共文化事业的全面进步，促进我们伟大祖国的文化繁荣与昌盛，为中华民族伟大复兴的中国梦建设起坚实的大地与温暖的家园。从这个意义上说，我为祁艳博士领衔的课题组、调查研究报告乃至大胆立项的中国艺术科技研究所感到极大的欣慰。

王列生

2016年5月　北京

第一章　绪论

一、研究意义

文化已经成为衡量国家和地区竞争力的重要指标，培养国民的文化素养、艺术素养，培育国民深厚文化涵养、形成健康价值观变得愈来愈重要。其中，关于艺术素养的培养和测评，则尤为重要。了解我国公民的基本艺术素养水平，可以为文化主管部门、文化企业、文化研究机构提供数据支撑。对政府文化管理部门而言，在制定文化发展规划时有数据可依；文化企业根据艺术素养调查的相关数据，可以有针对性地提供文化产品；文化研究和教育机构在各项研究中可以以调查数据为依据，进行实证地考核，为更全面的研究提供参考。

对公民艺术素养进行调查研究，在当下具有迫切而重要的意义。

第一，从国家意识层面来看，文化艺术发展是形成社会主义核心价值观、提高民族文化创新活力的重要手段。国家所关注的重心，已不再像过去那样仅仅要求艺术家以高雅艺术去感染、整合或教育人民，而是要求艺术文化产业和文化管理部门同艺术家一起，合力创作出使人民的“精神文化生活”或“社会文化生活”更加丰富多彩的艺术作品，形成文化产品更加丰富的局面。在此种层面上，对公民的艺术素养进行调查，是对落实国家意识层面的文化艺术政策的支持和配合。

第二，从公民的需求来看，对公民的艺术素养展开调查，既可以了解公民文化艺术的动态，又可为了解公民的文化艺术需求提供数据支撑。老百姓的文化艺术需求不是凭空产生的，而是同他们特定的艺术素养密不可分的。有什么样的艺术素养，就会有什么样的艺术需要；相应地，有什么样的艺术需要，就会呈现出什么样的艺术素养。公民的现有艺术素养如何，目前以何种趋势演变，这种状况及演变对城乡社会建设和文化发展有何影响和意义，这都是我们在调查中需要了解的。

第三，从艺术创作而言，进行公民艺术素养调查，也是推动艺术创新方式的必然要求。今天的艺术生产，不再仅仅是艺术家的个体创造行为，而是会以文化产业机构批量生产的方式出现；它不再以艺术家为重心，而是以公众消费、接受和公众行为为重心；它不再以唯一经典的标准为最高追求，而是要满足公民不同的趣味以及不同个体的体验；它也不再仅仅以高雅的精神享受而存在，而是高雅精神生活与物质生活充分交融，艺术不再仅仅是单纯个性化的创作和鉴赏，而是广泛地渗入到日常生活之中。在这种背景下，艺术的创作不得不考虑公众的综合艺术素养水平。对艺术家的创作而言，提升艺术作品的品质和提高公民的艺术素养水平同样重要。

二、研究现状综述

目前，国内关于公民文化艺术素养的研究，主要来自以下几个方面：

一是关于国民素质结构的研究。

《山东省中小学学生素质发展目标》研究课题组在《关于人的素质及其结构的分析与研究》一文里指出："今天我们所讲的以提高国民素质为根本要求，以素质教育为社会活动背景，所涉及的人的素质，其结构应包含两个维度，一是社会对人的发展要求及教育操作维度，二是由人的自身发展规律及心理过程所标定的维度。"①在该论文里，将人的素质发展的目标结构分为：思想品德素质、文化科学素质、身体素质、审美素质、劳动素质、心理素质等六个方面。将审美素质概括为："具有一定的美的知识，有一定感受美、认识美、鉴赏美、表现美和创造美的能力。"在行为习惯上表现为"能美化自己的环境，仪表端庄大方，语言美，行为美。"②

章海鸥在《国民素质研究的形而上思考》一文中指出："国民素质则是国民心理特征与行为的普遍、统一的表现。……国民素质是基本素质，国民素质之上又可

①② 《山东省中小学学生素质发展目标》研究课题组：《关于人的素质及其结构的分析与研究》，《山东教育科研》1998年第2期，第4—6页。

以细分若干具体素质，如文化素质、政治素质、业务素质……素质是一个综合的东西，它与教育、教养有关，是教化的结果，但又不是教育的本身。正如物理学家劳厄所说：重要的不是获取知识，而是发展思维能力。素质就是把所学的知识忘光后剩下的东西。”[①]

二是从美学、艺术学的角度，关于审美素养、艺术素养本体的研究。这方面以北京大学王一川教授的研究为代表。王一川在《建国60年艺术学重心位移及国民艺术素养研究》一文中，对艺术素养概念本身展开辨析，“艺术素养一词侧重于体现艺术对个体素质的养成功能，着眼于艺术如何服务于国民的自幼至长乃至终身的人格塑造和涵养。”[②]在论文里，王一川教授将国民艺术素养概括为国民面对艺术时展现的选择、理解、质疑、评估和创造等个体素质和涵养，由媒介素养、形式素养及其他相关素养的总和构成。其内涵指个体在面对文学、音乐、舞蹈、戏剧、美术、建筑、书法、电影、

① 章海鸥：《国民素质研究的形而上思考》，《南昌航空大学学报（社会科学版）2013年第4期，第16—21页。

② 王一川：《建国60周年艺术学重心位移及国民艺术素养研究》，《天津社会科学》2009年第3期。

电视、时装、广告等艺术门类形态时，以及在美食、美容、美发、美体、家居美化、环境美化等艺术生活过程中所展现的素质、能力、才能、修养、禀赋、涵养、风度、风采或风范等。国民艺术素养包含五个层面：一是媒介体认力及感官快适，二是形式感知力及形式快适，三是意象体验力及情思快适，四是蕴藉品味力及心神快适，五是生活应用素养及身心快适。相应地，艺术素养则包含如下能力：艺术感知力、艺术理解力、艺术判断力、艺术想象力、艺术鉴赏力、艺术行动力等。

以赵伶俐及其课题组成员在研究项目“中国公民人文素质现状调查与对策分析”中，将审美素质定义为：“以审美常识、审美观念、审美行为为主要反应指标的审美心理，即公民群体与个体关于审美的基本知识、审美价值观和审美行为品质的总和。”①

王曙芬在《国民艺术素养：民族根基的审美延续》一文里，将国民艺术素养概括为艺术感、艺术趣味、艺术理想、艺术行为水平等，这是通过教育而养成的素

① 赵伶俐、汪宏等：《中国公民审美心理实证研究》，北京大学出版社2010年版，第35页。

质，并且指出艺术素养的获得，来自传统、民间艺术、民间习俗、文化部门有计划的培训、艺术商品及生活艺术的普及、学校教育中的艺术教育及专业艺术教育。[①]

三是从教育学的角度，关于艺术素养教育研究。这方面具有代表性的研究，是教育部重大课题《国民艺术素养教育研究》。该课题主要是从教育的角度，从理论、历史、现状、比较、实践、资源等方面研究提高国民艺术素养的规律，为进一步从国家层面深入开展国民艺术素养教育奠定基础。该课题负责人是中国社会科学院哲学所从事美育研究的学者滕守尧教授。本研究从理论的角度概括了艺术素养的内涵，是指关于艺术的认知、体验与创造等方面的素质和修养。国民艺术素养是指国民关于艺术的认知、体验与创造的素质和修养，它是当前国民综合素养的一种。国民的艺术素养主要包括：国民对艺术的兴趣、态度以及日常生活中参与艺术的程度；国民所具有的基本艺术常识和对艺术的认识和理解；国民对艺术的欣赏体验程度、对艺术的批评能

① 王曙芬：《国民艺术素养：民族根基的审美延续》，《辽宁大学学报（哲学社会科学版）》2010年第11期。

力、艺术创作的能力等。国民艺术素养教育是一门以艺术为媒介，追求审美取向和教育取向，以培养国民的艺术感知和体验、创造和表现、评价与反思能力为目的的教育活动。

四是关于不同群体的艺术素养、文化素养调查研究。林义斌、林炎旦有关于中国台北市民文化素养的调查，将调查作为中国台北市系列文化指标的参考之一。在《2012台北市民文化素养调查》报告中，了解了中国台北市民在大众传播活动、视觉艺术活动、表演艺术活动、文化艺术机构与设施、文艺民俗节庆活动以及休闲旅游活动等六个面向的参与率和消费概况。虽然此调查内容针对的是更广阔领域的文化素养调查，但从文化参与和文化消费两个维度，为艺术素养调查的维度确立提供了参考。[①]

南京师范大学教育科学学院教授易晓明带领调查团队自主设计调查问卷，采用分层随机抽样的方法，在江苏省境内的南京大学、苏州大学、南京理工大学等12所

① 林义斌、林炎旦：《2012台北市民文化素养调查》，《中国文化产业评论》2014年第1期。

高校中，抽取了1440名非艺术专业大三学生，向他们发放问卷，调查当代大学生艺术素养现状，问卷有效回收率为86.1%。调查结果显示如下：（1）艺术欣赏水平高于艺术知识的掌握；（2）艺术素养水平存在显著的群体差异；（3）母亲的艺术兴趣是重要影响因素；（4）具有比较积极的审美观与艺术观；（5）具有明显的艺术偏好。针对大学生的艺术素养调查，从问卷设计到调查群体分配，以及调查结果，都为本课题调查提供了参考。南京师范大学艺术教育中心的周晶，针对南京师范大学2012级学生艺术素养进行了问卷调查，主要从大学生对艺术素养培养的认识、对自身艺术经历和技能的评价、对学校开展艺术教育的期望等角度进行了调查。①

另外，来自中国科学技术协会进行的“中国公民科学素养调查”和国家体育总局进行的“中国公民体育素养调查”这两项关于公民素养的调查方法、问卷设计、抽样群体等，都为艺术素养调查提供了参考范例。

在西方，直接关于艺术素养的研究尚不多见，在美

① 周晶：《关于南京师范大学2012级学生艺术素养的调查报告》，《文教资料》2013年第32期。

国有相关的关于媒介素养的研究，可以作为艺术素养研究的参考。美国媒介素养研究中心1992年对媒介素养做过如下界说：媒介素养是人们面对各种媒介信息时的选择能力、理解能力、质疑能力、评估能力、创造和生产能力、思维上的反应能力。有媒介学者则认为媒介素养有七个要素：批判性思维技能、了解大众传播的过程、懂得媒介对个人乃至社会的影响、建立分析讨论媒介信息对策、透视媒介文本、研究和欣赏媒介传播内容、动手制作媒介产品。这个定义和分析构架彼此相通，都有其合理因素，但毕竟只是针对一般媒介素养而并未专谈艺术素养。心理学在研究相近问题时，常常从人的特殊能力角度看待艺术能力，着眼于具有特殊艺术才能的人的能力或素质测评，或为残障人群的艺术治疗而开展艺术测评研究，但少见针对普通人群艺术素养而设计的分析构架。

从国际与国内关于艺术素养的研究来看，国内关于艺术素养的理论性研究，为实证性的艺术素养测评和调查提供了理论基础，在问卷设计上，可以更科学地涵盖艺术素养的方方面面。针对特定群体的小范围的艺术素养调查，为全国范围内的调查工作提供了参考。

第二章　艺术素养内涵

“素养”是在先天禀赋的基础上，后天养成的感知、认知、表达能力的结果及其过程。关于艺术素养的内涵，有不同的概括。

欧盟2006年发布了八项“核心素养”报告，较之之前的三个版本，最新版特别调整了关于文化素养的内容。从“一般文化常识”调整为“文化觉识与文化表达”（Cultural awareness and expression），其定义表述为“欣赏以音乐、表演艺术、文学和视觉艺术等形式对思想、体验和情感的创造性表达”。其构成包括文化知识、文化技能和文化态度。文化知识指：“有关当地、国家和欧洲文化遗产及其世界地位的知识，包括主要文化作品的基础知识；理解欧洲及世界各地的文化和语言多样性；对保护多样性和日常生活中美学元素重要性的认识。”文化技能指：“欣赏艺术作品和表演；依据自身天赋进行艺术表达的技能；创造性地表达和评价艺术作品；辨别和认识文化活动中所蕴藏的社会和经济机遇。”文化态度指：“对自己文化的深刻理解和良好的认同感；对文化表达多样性的尊重和开放心态；创造：进行自我艺术表现、参与文化生活、提升审美能力的意愿。”①

在《美学与美育词典》中，关于“艺术修养”的词条是如此解释的：“艺术修养，指艺术家按照美的规律，从事艺术创作时所应具备的各种素质、条件和能力的总和。具体包括科学文化知识的掌握程度、专业艺术知识的深广程度、艺术见解的科学程度、艺术感受的敏锐程度、艺术构思的精密程度、艺术传达的有效程度以及各种艺术手法、技巧的娴熟程度等。在艺术创作中，高超艺术才能的获得，是艺术修养的中心内容。”②艺术修养的提高，一是要通过长期而艰苦的艺术实践，这是

① 裴新宁、刘新阳：《为21世纪重建教育——欧盟“核心素养”框架的确立》，《全球教育展望》2013年第12期。

② 顾建华、张占国主编：《美学与美育词典》，学苑出版社1999年版，第397页。

最直接、最现实的途径；二是要批判地继承艺术遗产，没有继承就不可能有创新；三是对生活经验的不断丰富和积累，这是艺术修养得以提高的根源所在；四是加强对美学理论和艺术理论的学习，因为美学理论和艺术理论是对人类审美经验和艺术实践经验的抽象、概括和总结，对艺术创作有直接的指导作用。艺术修养在整个艺术实践活动中有着重要的意义。一方面，它是艺术创作的前提；另一方面，它又是艺术欣赏和艺术批评的基础。马克思在《1844年经济学哲学手稿》中提出："如果你想得到艺术的享受，你本身就必须是一个有艺术修养的人。"如果缺乏一定的艺术修养，如缺乏欣赏音乐美的耳朵和形式美的眼睛那就不可能有真正成功的艺术欣赏和准确深刻的艺术批评。

近年来国内有学者把大学生素养分为科学素养、艺术素养、人文素养、心理素养四种。其中，艺术被视为社会生活的反映和主体生命的审美创造，而艺术素养主要是指人的三种能力：艺术观察力、艺术想象力和艺术创造思维能力。随着昔日的革命和启蒙这类时代最强音被代之以"经济建设、政治建设、文化建设、社会建设”四大建设并举的新国策，艺术已转变成国民生活必备的综合素养之一——与可归属于其中的审美与艺术素养、文字与文化素养、自我实现素养等诸种素养一样。艺术素养作为国民的文化素养的一个组成部分，是国民对于艺术和相关文化活动的认知、体验、思考等素质及其养成。“艺术素养”一词如前文王一川教授所言，它侧重于体现艺术对个体素质的养成功能，着眼于艺术如何服务于国民自幼至长乃至终身的人格塑造和涵养。

在《大学生艺术素养》一书中，将“艺术素养”概括为“指一个人基于艺术的认知及规则而建立的稳定性审美力和价值观。即一个人应具备的与生活、情感、文化、科学建立广泛联系的艺术感悟力、艺术观察力、艺术想象力、艺术创造力和高雅的审美品位，且能够不需要外部作用或他人提醒，就会自觉自愿地在现实生活中得到迁移或体现。艺术素养是生命的一部分，并与人生态度、价值观和生活方式相互交融。显然，这里言及的艺术素养并非艺术家所必需的艺术素养，而是社会主义现代化建设所需要的高素质人才和建设应具备的艺术素养。”[①]“这一素养至少包括三个层面：艺术领域的基础知识和技能，并以艺术认知和艺术基本规则的建立为主；基于教育对象和课程性质而建构的课程内容体系，并以艺术思维和审美能力的获得为主；透过艺术教育所要达到的理想的情感、态度、价值观和创新能力，并能自觉体现和迁移。”[②]

艺术素养从词义上来看，是指个体通过接触、欣赏、鉴赏艺术作品后所获得的内化了的艺术底蕴，它体现出一个人所具备的基于艺术认知和艺术规律所建立起来的稳定的审美力和价值观，更具体一点来讲，是指一个人具备的与生活、文化、情感、道德和科学建立广泛联系的艺术感悟力、艺术观察力、艺术想象力、艺术创造力以及高雅的审美品位等，而且不需要外部作用或他人提醒，就能自觉地在生活中得到体现和迁移。艺术素养与艺术素质相似，但艺术素质侧重于个体先天的对艺术的敏感力，表现为一种艺术禀赋；而艺术素养则侧重于个体后天的艺术方面的素质养成，着眼于艺术如何服务于民众在整个人生成长过程中的人格塑造和内在涵

①② 张海鹏主编：《大学生艺术素养》，兰州大学出版社2009年版，第1页。

养。艺术素养也不同于艺术修养，后者主要强调艺术家在其艺术作品中体现出来的思想、情感深度和艺术造诣的高低，而艺术素养偏重于个体内在的文化知识、情感态度价值观的积淀和涵养，是个体生命的一部，并与日常生活方式相互交融。

综上所述，“艺术素养”是：“在后天环境中，社会个体通过艺术知识的积累、艺术基本规律的认知和在艺术活动中形成的审美能力、艺术品味、审美价值观等在个体内部的积淀和涵养，并能自发地在日常生活中体现或迁移。”[①]个体身上所体现的艺术素养，不仅包括关于艺术的知识和技能，还包括通过对艺术知识和技能的习得，而养成的艺术思维能力和审美能力；进而通过艺术与审美能力的提高，而养成的关于求真、求善、求美的价值观。

因此，可以将“艺术素养”定义为：基于先天艺术禀赋、后天培养形成的艺术审美、艺术认知、艺术表达的素质和修养。

---

① 杨闽：《信息时代社会大众艺术素养的培养研究》，南京邮电大学硕士研究生学位论文，2012年。

概括而言，艺术素养的养成主要有三个阶段。第一阶段是艺术知识的获取和艺术能力的培养。艺术知识主要指关于不同艺术门类的基本常识，包括文学、音乐、美术等不同艺术门类的历史、艺术家、流派、类型等基本艺术知识的了解程度。艺术知识通过学校艺术教育和社会艺术教育获得，学校艺术教育包括基础艺术教育和专业艺术教育。基础艺术教育是指小学、中学、大学开设的基础的音乐、美术课程，关于基本艺术常识的学习。社会艺术教育是指通过博物馆、美术馆、剧院等社会公共艺术场所开展的展览、演出等进行的艺术活动。通过对艺术教育的课程设置，参观博物馆、美术馆的次数，以及观赏演出的场次，可以从一定侧面测评公民艺术素养的程度。艺术能力指艺术作品的鉴赏能力和创作能力，艺术鉴赏力是指对艺术作品的感受力、评判能力，创作能力是指能够进行艺术创作的能力。艺术能力的获得可以通过专业艺术院校的教育获得，也可以通过其他学习方式获得。

艺术素养养成的第二个阶段是指通过对艺术原理、艺术知识和技能的学习，通过对文学、音乐、舞蹈、绘画、雕塑、摄影、工艺、建筑、书法、戏剧、影视等艺术的了解，具备一定的艺术思维和审美能力，提高人们的审美能力和艺术欣赏水平。这一阶段的艺术素养表现为可以培养起正确的审美观念，可以欣赏、评判好的艺术作品。

艺术素养养成的第三个阶段是指通过艺术教育或训练形成的正确情感、态度、价值观和创新能力，并能自觉体现或迁移。即通过艺术作品对情感的熏陶，陶冶人们的性情、塑造人们的心灵，使人的个性得到健康、全面的成长。

第三章　公民艺术素养评价指标体系

艺术素养是公民个体具有的内在涵养，对公民个体而言，关于艺术素养的评价涵盖的方面包括艺术审美能力、艺术认知能力和艺术表达能力，这是关于艺术素养的静态描述性评价。艺术审美能力评价指关于感受艺术美的敏锐程度评价；艺术认知能力评价是关于知识的掌握程度、深度、广度的评价；艺术表达能力的评价是关于艺术构思的精密程度、艺术传达的有效程度以及各种艺术手法、技巧的娴熟程度的评价。

但内在的素养要成为可以测评的数据，就只能通过外在的艺术活动呈现出来，艺术活动是关于艺术素养的动态可测评指标，具体而言，特指艺术修养，鉴赏、欣赏艺术和参与艺术创作表现的过程评价，体现为“参与度”和“消费力”。动态指标建立在静态指标基础上，同时反映静态指标。因此，艺术素养调查主要是通过对艺术参与度、消费力等动态艺术活动的调查，反映公民的艺术素质。

一、艺术素养评价指标

（一）静态评价指标

按照公民艺术素养的定义，静态评价指标主要针对公民艺术素养的描述性评价指标，即艺术基本能力，包括艺术审美能力、艺术认知能力和艺术表达能力。

1. 艺术审美能力评价指标

艺术感受的敏锐程度本质上反映一个人的艺术感知能力和感知水平，体现在艺术参与度和艺术消费偏好上，直接决定艺术认同感和审美态度。

缺乏欣赏音乐美的耳朵和形式美的眼睛，无法进行艺术欣赏和艺术批评。反映人的感官能力是艺术审美的基本能力，也是艺术审美的前提。视觉艺术和听觉艺术需要耳眼的艺术审美技能，美食、美味、美感同样需要五官的审美技能。艺术的核心是“美”，审美就是感知艺术的过程。因此，审美能力评价就是人的器官关于艺术感知能力的评价。

就艺术核心要素而言，书法作为文字美学，对书法的欣赏能力取决于对文字艺术的审美能力；舞蹈、美术同样是视觉艺术，是关于动作、色彩的审美能力评价；语言艺术、音乐艺术是听觉艺术，关于诗歌和声音的审美能力，同样取决于一个人对语言艺术和音乐艺术的感知能力。戏曲、戏剧、美术作品、工艺品、电影、电视，甚至建筑艺术、服装艺术等，其艺术作品都是建立在五种艺术核心要素“书法、诗词、美术、舞蹈、音乐”基础上、由两种以上艺术要素构成的艺术形式。对艺术作品的欣赏，本质上反映一个人在五种艺术要素方面的审美能力。

尽管艺术感知能力是一个综合测评指标，但不同艺术种类的感知能力，反映一个人不同的审美感知能力。一个具有美术审美能力的人，不一定就具备音乐审美能力；一个对声音具有乐感能力的人，不一定对动作美具有辨别能力。因此，音乐艺术的培养常常伴随表演技能的训练，舞台表演也常常划分出单独的舞台美术专业。因此，审美能力评价指标需要细分为五种不同的艺术审美能力指标。

审美能力评价是对一个人感官的感知能力评价，属于体质性评价范围，可以量化。诸如艺术感受、艺术感悟、艺术想象等感性评价指标，通过特定的艺术标样进行等条件测试获得。音乐考级中关于“艺术感受、艺术感悟、艺术想象”的评价，就是通过特定曲目进行测试的。艺术认同感来自艺术感知，不同的审美能力，有着不同的艺术认同。

2. 艺术认知能力评价指标

艺术认知能力是对艺术的理性认知，建立在艺术知识体系获得的基础上。对艺术知识的掌握程度和对艺术知识面了解的深度、广度，反映了个体对艺术知识把握的深度和广度。艺术见解的科学程度反映了对艺术规律的识别能力和理解程度。艺术认知能力评价是关于艺术理性能力的评价，可以通过知识测评获得。诸如艺术观察力、艺术创造力、艺术批评能力、艺术审美品位等评价指标，一般艺术院校都是通过综合知识考试予以评价。

艺术认知的理性水平深刻影响艺术态度。如果说感性决定态度，理性则影响态度。对文化艺术多样性的尊重和开放心态，基本来自艺术认知基础上的理性判断。

3. 艺术表达能力评价指标

艺术创作是一种艺术表达，艺术活动参与也是一种艺术表达。艺术表达来自一个人的艺术表现技能。艺术构思的精密程度、艺术传达的有效程度以及各种艺术手法、技巧的娴熟程度，反映的都是艺术表达能力。

正如艺术审美能力根据艺术种类不同而有不同的判别指标，艺术表达能力的评价指标，同样需要划分不同艺术门类的判别指标。但艺术表达能力常常是一个人艺术素养的综合表现。如艺术表演能力，一个话剧演员的语言艺术表达能力很高，但其音乐艺术的表达能力不一定与其语言艺术一致。音乐剧或歌舞剧演员之所以难以培养，正是要求其多种艺术表达能力都需要达到专业水平。因此，艺术表达能力的评价指标宜以艺术种类单项评价，再以综合指标进行加权评价。

如果说感性决定态度，理性影响态度，艺术表达则是态度的外在反映，是感性和理性的综合结果。或者说，艺术表达就是一种态度表达，是一个人感性和理性交织的结果。粉丝或追星族、戏迷往往是感性超越理性的认同，是一种典范的态度表达。戏曲界的“票友”则是掌握一定派系专业知识和专业技能的理性认同，也是一种典范的态度表达。

（二）动态评价指标

艺术素养的动态评价是在人的基本艺术素质基础上，不断提升自身艺术素质的过程评价。本质上，艺术素养的动态评价是针对艺术态度的评价，是关于艺术素质综合外在反映的一种过程评价；反映自身对文化艺术的爱好、偏好和喜好程度，反映自身对文化艺术的理解程度和认同感，对多样性文化艺术的尊重和开放心态，以及自我艺术表现、参与文化生活、提升审美能力的意愿。本研究报告选择文化艺术的“参与度”和“消费力”两项指标进行态度评价。

1. 参与度

公民对艺术文化生活的主动参与，揭示了自身的基本艺术素质以及提升审美能力、认知能力和表达能力的愿望。这是艺术素养普查的有效方法，间接反映公民的基本艺术素质水平。

艺术参与包括艺术知识的学习、艺术技能培训、公共文化开放场所的艺术鉴赏和群众性的艺术活动。抽样评价可通过博物馆参观、文化馆活动、美术馆欣赏、群众艺术馆及青少年宫、工人文化宫的艺术教育或艺术活动等社会调查，根据人群分布和城市居民占比进行概括性评价。

2. 消费力

艺术消费力特指消费者收入中对艺术产品消费的支出总额，反映公民的艺术消费水平。艺术消费水平反映公民消费水平中艺术消费的占比，是文化消费指数的一部分。艺术消费不仅反映一个人的艺术素质，而且揭示公民对提升审美能力、认知能力和表达能力的意愿。如果说公益性艺术活动的参与反映公民艺术修养的自觉性，艺术消费力则反映公民艺术修养的主动性，愿意支付和愿意参与是两种修养水平。艺术消费力可通过艺术展览门票、演出票、艺术产品购买等消费调查进行普查。

二、调查问卷设计主要参数说明

以上论述对艺术素养的理论内涵进行了梳理，但要对艺术素养这一抽象的概念进行定性、定量的调查，就需要对艺术素养可以测评的元素和方面给予厘清和界定。通过以上关于艺术素养的内涵界定，可以逐步明确艺术素养调查的测评要素，基本内容可以概括为针对不同目标人群，进行艺术参与活动和艺术消费的调查，主要包括艺术知识的学习、艺术欣赏水平和艺术创作活动。

（一）目标人群

对调查人群的分类除了年龄、受教育程度、职业、收入等基本信息外，还包括了地理区域、所在城市发达水平。

目前，对调查人群可以从如下几个方面来进行区分。第一，年龄；本调查主要针对18—51岁年龄段的人群，其中22—40岁的青年、中年的艺术素养水平是问卷调查重点。第二，受教育程度；分为中小学、大中专、大学、研究生及以上。第三，职业；按工人、农民、商人、军人、公务员、教师、公司职员等方面来进行区分。受教育程度的不同，会影响接受艺术教育的程度以及培养艺术兴趣的自觉性，无论是主动地提高艺术素养水平，还是被动地接受艺术素养教育，都会因为教育程度的高低受到影响。第四，收入水平；此分类主要是想了解收入水平对于艺术参与意识和艺术消费能力的相关性。第五，地理区域；主要是想了解不同地理区域的人群对艺术活动的参与度。第六，城市发达水平；主要是了解北京、上海、广州等一线城市，省会等二线城市以及地级市以下城市之间，受经济发展水平等因素影响，所显示出的艺术素养水平的差异。

（二）艺术门类

艺术涵盖的门类有很多种，根据不同的标准有不同的分类方法。本报告采取的艺术分类主要参考李心峰老师主编的《艺术类型学》，按照艺术的自然分类体系，将艺术主要分为四大类型：语言艺术、造型艺术、表演艺术和映像艺术。[1]语言艺术主要指文学，包括小说、散文、诗歌、戏剧。造型艺术包括绘画、雕塑、书法、建筑、实用装饰工艺五种艺术。表演艺术涵盖音乐、舞蹈、戏剧、曲艺、杂技五种艺术。映像艺术指“以一定的科学技术（尤其是现代高科技）为基础的具有强烈技术色彩的全新艺术形式”[2]，包括摄影、电影、电视三种。

文学是通过以文字为载体的艺术形式，以诗歌、散文、小说、戏剧为主要表现形式。诗歌是以强烈的感情、精炼而富有韵律的语言，对生活的切身感受进行集中的艺术概括。散文是以真实人物、事件的描写为基础，进行艺术加工，要求形散而神不散，讲究艺术构思，注重诗情和文采。小说是以集中、概括的方法和叙述口吻写出较为完整的故事，凸现人物形象、事件发展和场景。剧本的特点是以人物对话作为主要表达手段，戏剧冲突是它的基本要素，时间和空间具有高度集中性，人物语言个性化。剧本是为戏剧、电影、电视而创

① 李心峰主编：《艺术类型学》，北京：生活·读书·新知三联书店2013年版，第123页。

② 李心峰主编：《艺术类型学》，第272页。

作的，但又具有独立的审美价值。无论是哪种文学形式，都能丰富人的审美想象力，培育人的思想敏锐性和开阔性，提高人的形象思维力，丰富人的情感感知能力。

绘画是一门运用色彩、线条、形状，在二维空间再现和描绘人物形象及社会、自然物象的艺术。它是在二维空间里，通过具体的描绘，创造视觉上的空间感和立体感。对绘画艺术的欣赏，体现的是对造型、线条、色彩、结构的感知，绘画培养的是视觉上对形式美的感知力、想象力和创造力。绘画根据使用的材料和技法不同，有很多种类，主要有中国画、油画、版画、水彩画、水粉画、壁画、素描等。

雕塑是用物质材料在三维空间里创造的立体的艺术形象，具有实在的物质性。观赏者可以通过视觉、触觉从不同的角度获得艺术的审美体验。雕塑创作有雕和塑两种方式，雕是削去不需要的部分，塑是用材料堆积捏塑。

书法一般指文字的书写艺术，特指用毛笔书写汉字的艺术，以点画、线条为材料，以文字结构为法度，有很强的造型性，通过对汉字的书写，表现特有的意境和情趣。具备了书法的艺术素养，可以培养审美想象的能力，从书法的笔画和结构中，可以发现和感受现实生活中的形体美和动态美。

建筑“指用沉重的物质材料堆砌而成的物质产品，建筑艺术是通过建筑群体组织、建筑物的形体、平面布置、立体形式、结构造型、内外空间组合、装修和装饰、色彩、质感等方面的审美处理所形成的一种综合性实用造型艺术。”①

实用装饰艺术又称“工艺美术”，指“在外部形式上经过艺术处理、带有明显审美因素的日常生活用品、装饰品这一类实用艺术，是用美术造型设计与色彩装饰的方法和技巧来制作各种物品的艺术。从制作特点和艺术形态的角度，可以分为传统工艺、现代工艺、装潢美术、民间工艺。”②

音乐的物质媒介是音响、节奏、旋律、音色、速度、力度、曲式等，艺术分类上属于听觉艺术和表情艺

① 顾建华、张占国主编：《美学与美育词典》，学苑出版社1999年版，第415页。

② 顾建华、张占国主编：《美学与美育词典》，第416—417页。

术，能够强烈地表达人的情感。具有音乐素养的人，可以通过音符感受到情绪的起伏，通过音乐养成审美感受力、想象力、判断力、理解力，体会音乐所表达的美好从而引发精神上的愉悦和情感共鸣，能够通过欣赏音乐了解一定时期的社会生活和人们心中情感的表现。

舞蹈是通过人体的姿态、动作来表现内心情感和对社会生活的感受与把握的艺术。舞蹈美是以运动中的人体美为主要内容的一种形式美，它通过在时间中的节奏、空间中的构图等形式美要素来塑造形象，表达艺术家的审美经验、审美情感和审美理想。

戏剧是由演员扮演角色，舞台上表现故事情节、反映社会生活的一种艺术形式。戏剧综合了文学、绘画、雕塑、音乐、舞蹈等艺术形式的诸多元素，戏剧创造的形象是时间和空间、视觉和听觉、直观和想象等复合影像。经常欣赏戏剧作品，可以促进审美艺术修养和审美素质的全面提高，能够引起观众的强烈情感共鸣，可以使观众在对美的强烈感受中形成审美价值定向，并付诸于行动。

曲艺是最具有民族民间特色从而结缘于大众的艺术

形态，有别于高雅艺术，扎根于民众生活的审美创造。是“用带有各种地方特色的口头语言巧妙而富有情趣地进行说唱的表演艺术。使用口头语言，取说唱方式，在适应欣赏群体的艺术化处理中，让观众的审美期待在轻松欢愉中得到满足。”①

杂技指“各种技艺”，是包括各种体能和技巧的表演艺术，演员靠自己的身体技巧完成一系列高难动作的表演性节目，包括跳、身体技巧和平衡动作，较晚时又使用长杆、独轮自行车、球、桶、绷床及吊架等器械，具有悠久的历史。

摄影是瞬间的艺术，表现的是客观存在的事物，不能表现过去和未来的事物，更不能表现没有客观实在形体的对象。摄影艺术素养表现的是人们对生活的美的感知力和观察力。

电影艺术是现代科学技术发展的产物，是科学与美学、技术与艺术相结合的结晶。电影可以通过声音、形体、色彩等将具有文学性的故事逼真地演绎出来，使人产生“浸入式”的体验感。经典的电影可以培养人们高

① 丁涛：《艺术概论》，江苏美术出版社2010年版，第109页。

尚的情操和敏锐的审美感受力。

电视艺术是利用电子技术传播、以声画造型为表现方式，通过塑造鲜明的屏幕形象，达到以情感人目的的艺术形态。由于电视艺术表现的是大众文化内容，传播方式便捷，因此，电视艺术普及很广。

关于艺术素养的调查，就是要通过对公民欣赏、参与这些艺术活动的频次，以及对不同门类艺术的喜爱程度和欣赏水平的调查，来了解我国公民艺术素养的水平。出于调查的可操作性考虑，本艺术素养调查涉及的艺术门类主要为传统的、日常生活中比较容易接触的艺术类型，主要是对造型艺术（绘画、雕塑、书法、建筑、工艺美术）和表演艺术活动（音乐、舞蹈、戏剧、曲艺、杂技）参与情况的调查。由于映像艺术中的摄影艺术在生活中很普及，其艺术作品也以图片视觉的形式呈现，故和造型类艺术合并调查，统称“视觉艺术”。

（三）艺术参与和艺术消费内容

由于艺术素养是一个相对模糊抽象的对象，对其测评和调查要从量化和可操作的层面进行，参考《2012年台北市民文化素养调查》的方法，艺术素养的水平主要以艺术参与和艺术消费的形式来体现，通过对艺术参与的频次和时间，以及艺术消费占比来进行考量。

艺术参与指艺术知识的学习、艺术欣赏水平和艺术创作活动。其中，艺术知识的学习包括到访艺术场所观看展览或演出，包括博物馆、美术馆、艺术馆、剧场、剧院、音乐厅等；参加艺术交流活动，包括艺术沙龙、艺术讲座、艺术课程学习等；阅读艺术书籍、通过艺术网站等各种途径获取艺术资讯。艺术欣赏水平的体现方式为撰写或者发表艺术评论，参与艺术沙龙、艺术会议。艺术创作指直接产生艺术作品。

艺术消费指购买艺术展览门票、演出票、艺术产品等的支出金额，以及在日常生活消费中的占比。

第四章　问卷设计与实施

一、问卷设计

中国公民艺术素养调查问卷设计共涉及17题，整体问卷包含两大部分，一为基础层部分，其中包括性别、年龄、学历、地区、城市、职业、收入七个子内容；二为调查层部分，其中分为视觉艺术类、表演艺术类两个模块，每个模块分别对消费占比、参与兴趣、参与频次、参与方式进行调查，主要通过调查层数据针对基础层的不同属性进行分析，找到影响其因素的属性及不同维度的变化。

由于大众对艺术的认知较为模糊，本次调查主要根据艺术学科大纲进行分类，为了更好地将问题聚焦，本次调查的艺术形态主要分为两大类别，一为视觉艺术，主要包括造型类艺术的绘画、雕塑、书法、工艺美术，以及映像艺术中的摄影艺术，共五类；二为表演艺术，主要包括音乐、舞蹈、戏剧、曲艺、杂技五类；出于操作的便利性，将曲艺和杂技合并成一类调查。预计通过单题及关联交叉分析，最终形成100个以上的数据结果作为结论依据。

具体问卷设计内容见附录《中国公民艺术素养调查问卷》。

二、问卷实施

中国公民艺术素养调查的实施主要以网络问卷调查为主，以技术手段形成在线调研问卷，并通过外媒、自媒等渠道进行发放与收集，该网络问卷采用IP限制及MAC绑定技术，确保同一IP下的同一MAC地址只能填写一次，有效杜绝问卷回收过程中，人为重复填写的恶意行为。

本次调研目标发放问卷7000份，调查人群设定为18

岁以下至51岁以上的全部人群，主目标偏重18—50岁之间的母群体，调研地区以华东、华南、华北、西北、西南、东北划分，针对北京、上海、广州、深圳①及省会城市、地级市、县城、乡镇、农村进行覆盖，其中各地区职业以公务/事业单位、国企、外资/合资、私企/民营、个体、自有职业者、学生、农民、工人、家庭主妇、军人、离退休人员进行分类，并针对年收入情况进行统计。

三、问卷回收情况

《中国公民艺术素养调查问卷》总计发放7000份，有效回收6692份，有效回收率95.60%；统计问卷6692份，有效问卷6486份，问卷有效率96.92%；问卷覆盖30省，主要分布于华东、华南、华北地区，西北、西南、东北量级相对较少；该问卷涉及城市主要在北上广深、省会城市、地级市、县城，而乡镇、农村量级相对较少；职业分布上相对平均，特殊人群如军人、家庭主妇、农民、工人相对较少。

① 以下简称“北上广深”。

第五章　问卷调查统计分析

一、当前中国公民艺术素养基本情况

党的十八大报告明确提出，要“逐步建立以权利公平、机会公平、规则公平为主要内容的社会公平保障体系，努力营造公平的社会环境，保证人民平等参与、平等发展的权利”。这一根本要求不仅是对经济、政治、社会以及生态方面提出的，更是对文化方面提出的。近年来，我国公共文化服务体系建设加快推进，公共文化设施网络建设成效明显，基层公共文化设施条件得到较大改善，公民的文化艺术素养得到很大的提高。我们的调查显示，当前中国公民艺术素养的提高主要表现为：

艺术参与度、艺术消费能力不断增强，公民的艺术素养的地区差异不断缩小，公民参与的艺术门类多种多样。

（一）艺术参与度不断增强

如今艺术更具有大众化趋势，从事艺术活动已经不仅仅是艺术工作者的专利。调查显示，在从事艺术活动的人员中，艺术从业者只占2.74%，51.44%的被调查公民“感兴趣并参与”，“完全没有兴趣”的只有4.92%。（见图1）

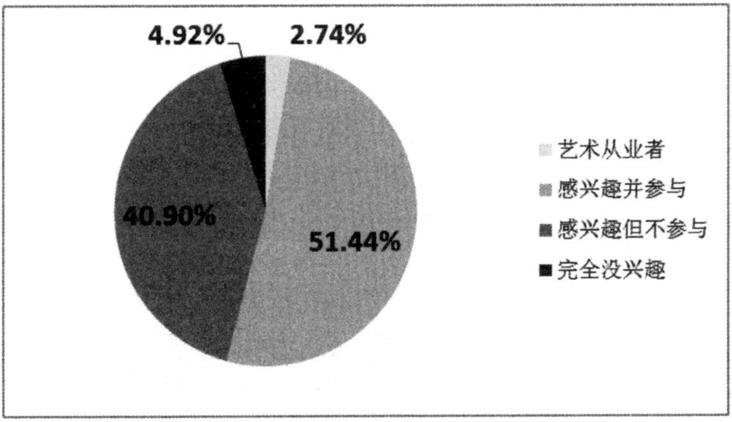

图1 公民艺术活动的参与度

首先，从公民参与艺术活动的广度来看，女性和男性参与比例已经没有差别。在“感兴趣并参与”的人群中，女性占51.49%，男性占51.37%。同时我们也发现，在艺术从业者中，男女的比例也开始趋同，男性占2.62%，女性占2.86%。不同年龄段的公民对参与文化艺术活动也都保持着比较积极的态度。在“感兴趣并参与”的人群中，我们看到18岁以下占42.99%，18—35岁的占53.44%，35—50岁占48.28%，51岁以上占34.22%。可以说，现在男女老幼都积极投身于各项文化艺术活动。

其次，从公民参与艺术活动的类型来看，公民逐渐由参与表演类艺术活动向视觉类艺术活动发展。调查显示，公民每年一次参与视觉类艺术活动的占38.37%，每月一次的占39.16%，每星期一次的占6.20%；而我们也发现，公民参与表演类艺术活动的频率高于参与视觉类艺术活动。公民每年一次参与表演类的文化艺术活动的占45.14%，每月一次的占33.70%，每星期一次的占4.69%。（见表1）

表1　公民参与不同类型艺术活动的频率

频次	表演类艺术活动参与占比	视觉类艺术活动参与占比
每年一次	45.14%	38.37%
每月一次	33.70%	39.16%
每星期一次	4.69%	6.20%
从不参与	16.47%	16.27%

从公民参与艺术活动的内容来看，摄影占66.94%，音乐占64.03%，绘画占44.96%，书法占43.32%，舞蹈占31.48%，曲艺杂技占23.79%，戏剧占19.33%，雕塑占12.41%，工艺美术占10.14%。表明各类艺术门类都有众多的群众基础，公民艺术素养的提高促使不同艺术活动的开展具有群众基础。（见图2）

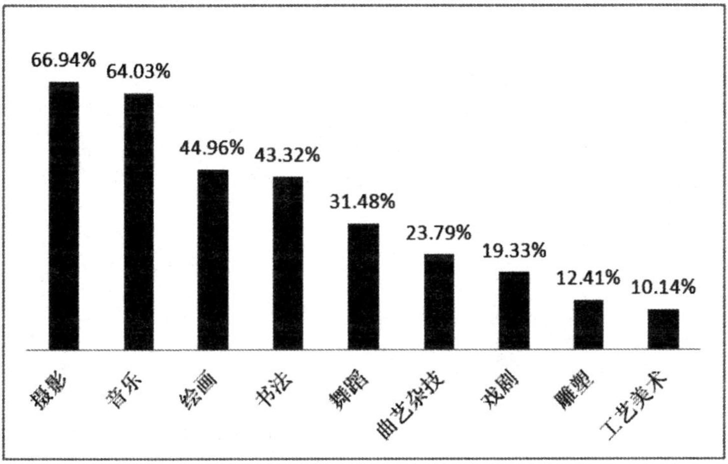

图2　公民参与各类艺术活动的比例

第三，从公民参与艺术活动的目的性来看，主动参与艺术活动提升自我的人越来越多。调查显示67.27%的公民参与艺术活动的目的是艺术欣赏与学习，而属于从业者寻求灵感的只占9.16%，只是陪朋友参与的占6.89%，无事打发时间的占10.06%，从不参与的占6.59%。公民参与艺术活动的目的是艺术欣赏与进一步提高自己的素养，而不是以往我们所认为的参与艺术活动仅仅是“打发时间”和偶尔“陪朋友参与”。（见表2）

表2 公民参与艺术活动的目的

	艺术欣赏与学习	从业者寻求灵感	陪朋友参与	无事打发时间	从不参与	小计
男	64.88%	10.29%	6.82%	10.89%	7.12%	100%
女	69.67%	8.08%	6.96%	9.23%	6.06%	100%

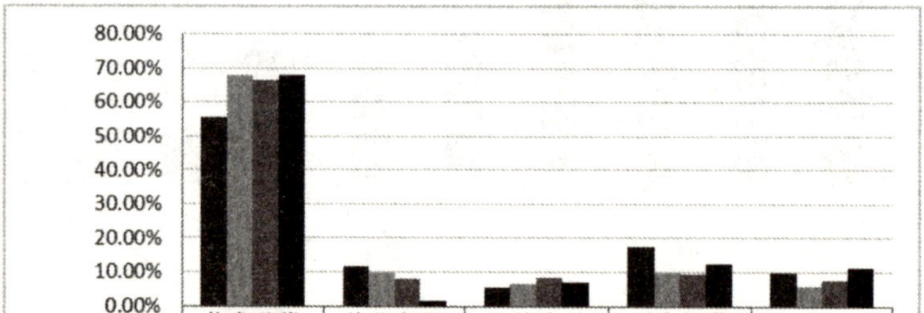

	艺术欣赏与学习	从业者寻求灵感	只是陪朋友参与	无事打发时间	从不参与
■18岁以下	55.61%	11.68%	5.61%	17.29%	9.81%
■18-35岁	68.05%	9.70%	6.46%	9.83%	5.97%
■36-50岁	66.64%	7.96%	8.54%	9.33%	7.53%
■51岁以上	67.91%	1.60%	6.95%	12.30%	11.23%

图3 不同年龄公民参与艺术活动的目的

同时我们也发现，不同的年龄、学历和职业的公民参与艺术活动的目的都集中在“艺术欣赏与学习”。从年龄来看，年龄越大以艺术欣赏与学习为目的参与艺术活动的公民比例越高；并且从整体来看，不同年龄段的公民选择“艺术欣赏与学习”的比例也很高，平均在65%，远高于其他目的。（见图3）

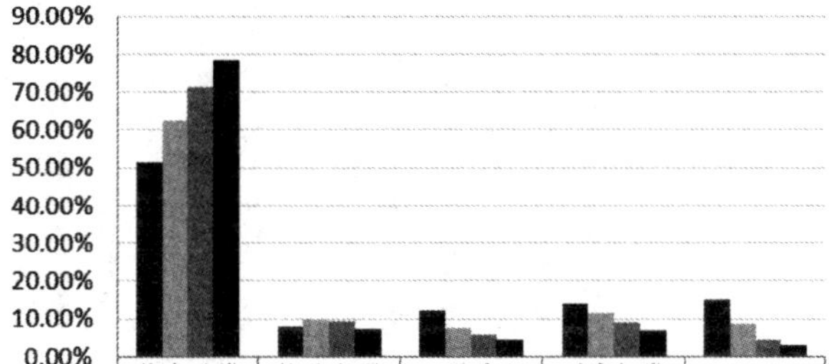

	艺术欣赏与学习	从业者寻求灵感	只是陪朋友参与	无事打发时间	从不参与
■高中（中专）以下	51.42%	7.75%	12.02%	13.95%	14.86%
■大学专科	62.51%	9.82%	7.57%	11.32%	8.79%
■大学本科	71.14%	9.42%	5.87%	9.10%	4.47%
■硕士研究生以上	78.38%	7.21%	4.50%	6.98%	2.93%

图4　不同学历公民参与艺术活动的目的

公民参与艺术活动的目的不仅与年龄有正相关，我们发现公民的学历层次与参与艺术活动也呈正相关性。调查显示，高中（中专）以下的公民以“艺术欣赏与学习”为目的的占51.42%，大学专科占62.51%，大学本科占71.14%，硕士研究生以上78.38%，呈明显的上升趋势。（见图4）

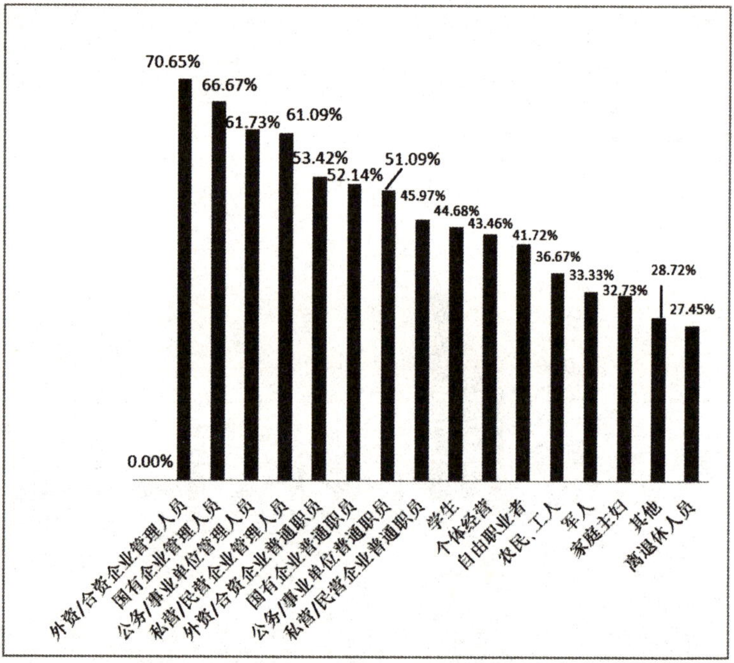

图5　不同职业的公民感兴趣并参与艺术活动的比例

从职业来看，对艺术活动“感兴趣并参与的”，从高到低依次为外资/合资企业管理人员、国有企业管理人员、公务/事业单位管理人员、私营/民营企业管理人员、外资/合资企业普通职员、国有企业普通职员、公务/事业单位普通职员、私营/民营企业普通职员、学生、个体经营、自由职业者、农民、工人、军人、家庭主妇、其他、离退休人员。（见图5）

（二）艺术消费能力不断增强

随着我国居民物质生活水平的提高，对精神文化生活的需求也越来越高。公民艺术素养是构成一个国家国民素质的重要组成部分，体现着某一国家或地区整体精神文化生活发展水平，极大影响着公民自身获取与享受精神文化产品的可能性，公民是否能有足够的艺术消费能力是实现和提高公民艺术素养的重要因素。

调查显示，中国公民的艺术消费与收入的比例主要集中在10%—20%之间。其中公民的艺术的消费与收入比在10%以下的占一半以上，达52.42%；艺术消费与收入比在11%—20%也有一定的比例，达到25.67%。两者加总起来达到78%，可以说中国公民的艺术消费力是很强劲的（见表3）。

表3　公民的艺术消费与收入的比例分布

艺术消费占收入比	无消费	10%以下	11%—20%之间	21%—30%之间	31%—40%之间	41%—50%之间	50%以上
统计占比	12.87%	52.42%	25.67%	5.37%	1.57%	1.20%	0.90%

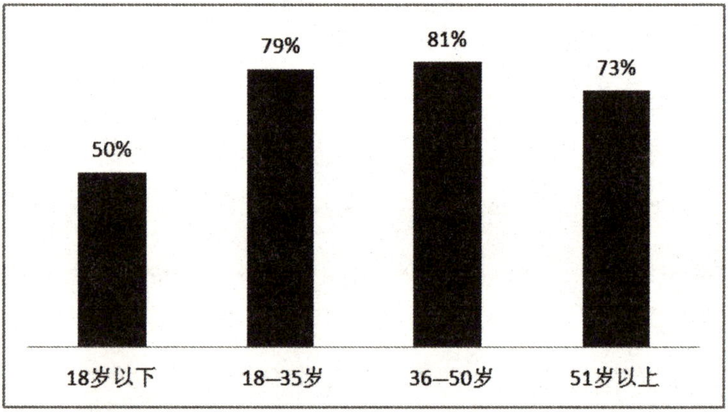

图6　公民艺术消费与收入比20%以内的年龄分布

我们也发现在不同的人群中，艺术消费力增强的趋势表现不同。第一，从公民的年龄分布来看，艺术消费能力呈现先升后降的规律。通过对艺术消费与收入比在20%以内的人群的统计分析显示，18岁以下的占50%，18—35岁的占79%，在36—50岁的年龄段达到高峰为81%，随后呈下降趋势，51岁以上的人群降为73%。通过

年龄分布的趋势，我们可以看到艺术消费能力与年龄的关系表现为先升后降的趋势。（见图6）

第二，从公民的学历分布来看，艺术消费力与学历正相关。对公民艺术消费与收入比在20%以内的人群调查的数据表明，高中（中专）以下占64%，大学专科占77%，大学本科占81%，硕士研究生以上占83%，可以看出，学历越高的公民艺术消费能力越强。（见图7）

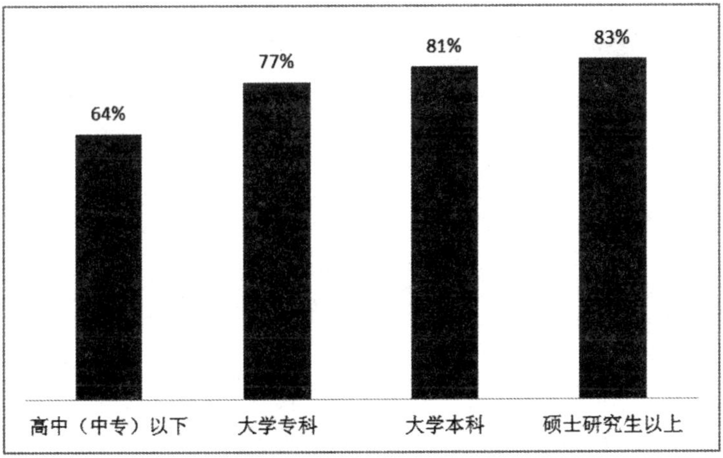

图7　公民艺术消费与收入比20%以内的学历分布

第三，从公民的职业分布来看，不同职业之间的艺术消费能力差距较大。调查发现，管理人员的艺术消费能力较强。如公务/事业单位管理人员、外资/合资企业管理人员、国有企业管理人员和私营/民营企业管理人员的文化艺术消费能力都远超其他职业的公民。以公民的艺术消费占收入比例的31%—40%之间的职业分布来看，公务/事业单位管理人员占2.96%，国有企业管理人员占3.17%，外资/合资企业管理人员占2.72%，私营/民营企业管理人员占1.45%高于其他职业。但我们也发现，军人、离退休人员和农民、工人的艺术消费能力不高。他们的艺术消费与收入的比例主要集中在10%以下，农民、工人占46.67%，军人占66.67%，离退休人员占56.86%。从高水平的文化艺术消费能力区间来看，农民、工人、军人和离退休人员的比例更少。（见表4）

表4　公民艺术消费与收入比的职业分布

	10%以下	11%—20%之间	21%—30%之间	31%—40%之间	41%—50%之间	50%以上
公务/事业单位管理人员	50.12%	30.12%	5.93%	2.96%	1.98%	1.73%
公务/事业单位普通职员	52.99%	26.22%	6.39%	1.49%	1.77%	0.95%
国有企业管理人员	45.24%	40.87%	6.35%	3.17%	0.79%	0.40%

(续表)

	10%以下	11%—20%之间	21%—30%之间	31%—40%之间	41%—50%之间	50%以上
国有企业普通职员	57.68%	26.25%	3.21%	1.61%	1.25%	0.18%
外资/合资企业管理人员	42.39%	36.41%	10.60%	2.72%	2.17%	0.27%
外资/合资企业普通职员	54.07%	27.36%	5.21%	1.63%	0.33%	0.33%
私营/民营企业管理人员	50.42%	34.30%	6.67%	1.45%	0.61%	0.36%
私营/民营企业普通职员	57.23%	23.45%	3.51%	0.72%	0.83%	0.41%
个体经营	49.37%	25.32%	6.75%	0.84%	0.42%	1.27%
学生	53.98%	16.63%	4.96%	1.58%	1.50%	1.73%
自由职业者	48.47%	21.78%	4.29%	1.53%	1.23%	1.84%
农民、工人	46.67%	3.33%	0.00%	0.00%	0.00%	0.00%
家庭主妇	52.73%	10.91%	3.64%	1.82%	1.82%	0.00%
军人	66.67%	0.00%	0.00%	0.00%	0.00%	0.00%
离退休人员	56.86%	17.65%	1.96%	0.00%	0.00%	1.96%
其他	46.81%	14.89%	3.19%	0.00%	1.06%	1.06%

从公民艺术消费与收入比20%以内的职业分布来看，依次为国有企业管理人员、私营/民营企业管理人员、国有企业普通职员、外资/合资企业普通职员、私营/民营企业普通职员、公务/事业单位管理人员、公务/事业单位普通职员、外资/合资企业管理人员、个体经营、离退休人员、学生、自由职业者、军人、家庭主妇、其他、农民、工人。（见图8）

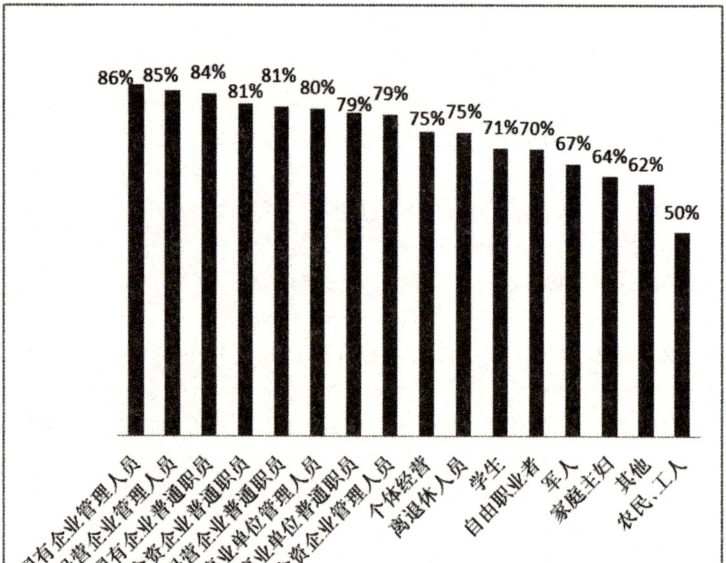

图8　公民艺术消费与收入比20%以内的职业分布

（三）艺术素养的地区差异不断缩小

首先，不同地域的公民艺术参与度差异在缩小。我们统计了不同地区的公民参与艺术活动的目的的数据，发现“感兴趣并参与”的公民从地区分布来看，比例最高的是华东地区，占55.49%，最低的是东北，占41.62%，但两者的差距不大，仅为13.87%。而“感兴趣但不参与”的比例最高为华北，占43.14%，最低的为华东，占37.27%，两者相差5.87%。（见表5）

表5　不同地域公民的艺术参与度

	艺术从业者	感兴趣并参与	感兴趣但不参与	完全没兴趣	小计
华东	2.23%	55.49%	37.27%	5.01%	100%
华南	3.31%	51.02%	40.64%	5.04%	100%
华北	2.89%	50.24%	43.14%	3.72%	100%
西北	2.71%	48.81%	41.69%	6.78%	100%
西南	2.64%	50.39%	41.86%	5.12%	100%
东北	1.80%	41.62%	49.70%	6.89%	100%

从不同的城市来看，经济发达的北上广深和省会城市的公民艺术参与度差异很小，以公民“感兴趣并参与”的情况来看，分别为57.02%和56.97%。地级市、县城和乡镇的差别也很小，分别为46.90%、45.37%、41.16%。相对来说，农村的比例较低，为33.87%，但考虑到农村的人口基数，相差的比例也不大。（见表6）

表6　不同城市公民的艺术参与度

	艺术从业者	感兴趣并参与	感兴趣不参与	完全没兴趣	小计
北上广深	2.62%	57.02%	36.27%	4.10%	100%
省会城市	2.71%	56.97%	36.59%	3.73%	100%
地级市	2.40%	46.90%	45.64%	5.06%	100%
县城	2.83%	45.37%	44.90%	6.91%	100%
乡镇	4.04%	41.16%	48.23%	6.57%	100%
农村	3.51%	33.87%	52.72%	9.90%	100%

其次，不同地域公民的艺术消费能力的差异在缩小。调查显示，在不同的公民艺术消费占收入的比例区

间，区域之间的差异很小。公民艺术消费占收入比为10%以下，不同区域的公民人数比例在50%—54%之间波动；公民艺术消费占收入比为11%—20%之间的，不同区域的公民人数比例在20%—27%之间波动；公民艺术消费占收入比为31%—40%之间的，不同区域的公民人数比例在1.2%—1.9%之间波动；公民艺术消费占收入比为41%—50%之间的，不同区域的公民人数比例在0.9%—1.3%之间波动。（见表7）

表7　不同区域公民的艺术消费能力

	无消费	10%以下	11%—20%	21%—30%	31%—40%	41%—50%	50%以上
华东	9.75%	53.65%	27.41%	5.85%	1.23%	1.34%	0.78%
华南	14.50%	50.31%	25.33%	5.65%	1.98%	1.12%	1.12%
华北	12.82%	52.86%	25.78%	5.17%	1.31%	1.24%	0.83%
西北	16.95%	54.58%	20.00%	5.08%	1.69%	1.02%	0.68%
西南	12.09%	54.57%	25.74%	3.88%	1.71%	1.24%	0.78%
东北	18.26%	50.30%	22.75%	5.09%	1.80%	0.90%	0.90%

从不同的城市来看，经济发达的北上广深和省会城市的公民艺术消费能力差距很小，以公民艺术消费占收入比为10%以下的情况来看，都在50%左右。公民艺术消费占收入比为21%—30%之间的区间，北上广和省会城市较高，分别为6%和6.08%；地级市、县城和乡镇的水平比较一致，分别在4%左右；相对来说，农村的比例较低，但也为3.83%。（见表8）

表8　不同城市公民的艺术的消费能力

	无消费	10%以下	11%—20%之间	21%—30%之间	31%—40%之间	41%—50%之间	50%以上
北上广深	8.92%	51.78%	29.19%	6.00%	1.96%	1.25%	0.89%
省会城市	9.45%	50.38%	30.15%	6.08%	1.38%	1.69%	0.87%
地级市	14.26%	54.83%	23.25%	4.73%	1.40%	0.93%	0.60%
县城	17.58%	54.47%	19.78%	4.40%	1.41%	0.47%	1.88%
乡镇	20.71%	53.79%	17.42%	4.29%	2.02%	1.26%	0.51%
农村	29.39%	51.12%	12.78%	3.83%	1.28%	0.64%	0.96%

二、视觉类艺术活动参与基本情况

根据《中华人民共和国文化部2015年文化发展统计公报》公示[①]，2015年末全国共有国有美术馆408个，比上年末增加44个，从业人员3978人，增加404人。全年共举办展览5121次，比上年增长7.2%，参观人次3053万人次，增长6.7%。我国公民参与视觉类艺术活动的机会大大提高。在对问卷结果统计分析后发现，不同群体的公民在对视觉类艺术，包括绘画、书法、雕塑、工艺美术、摄影等方面的兴趣表现出很大的差异，而且参与方式也有诸多不同。

（一）参与艺术门类

调查发现，中国公民在视觉类艺术活动中，最感兴趣、参与度最高的是摄影，占66.94%；其次是绘画和书法，分别占44.96%和43.32%；对雕塑感兴趣的占12.41%；工艺美术占10.14%。可见随着照相机的普及，

① 《中华人民共和国文化部2015年文化发展统计公报》，http：//zwgk.mcprc.gov.cn/auto255/201604/t20160425_30466.html

摄影是人们生活中比较容易参与的艺术方式。（见图9）

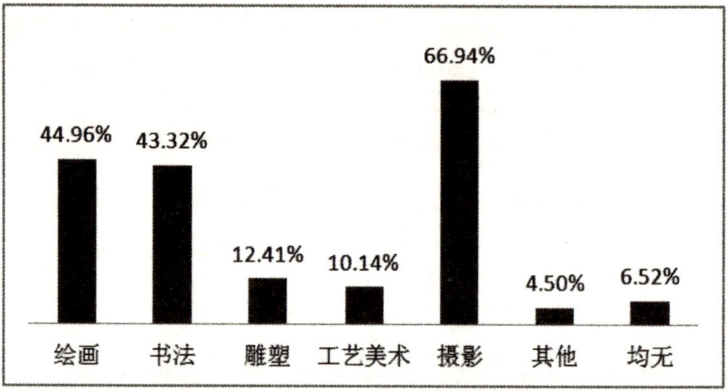

图9　视觉艺术感兴趣情况

性别差异也表现出兴趣差异。男女在书法、摄影、雕塑、工艺美术等艺术门类感兴趣程度差异不大，但在绘画方面差异较大，女性对绘画感兴趣的人群远高于男性。（见图10）

不同年龄段也显示出对视觉类艺术喜好的不同。除了摄影艺术在各年龄段都广受欢迎外，35岁以下的人群，更喜爱绘画艺术，36岁及以上的人群对书法艺术的喜爱程度大于对绘画的热爱。（见图11）。学历、收入、地区、职业等因素对艺术门类感兴趣程度的影响并不显著。

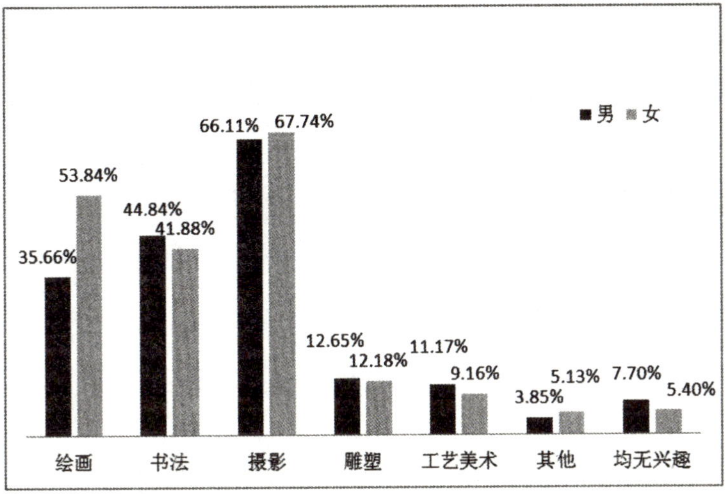

图10　男女对视觉艺术的兴趣差异

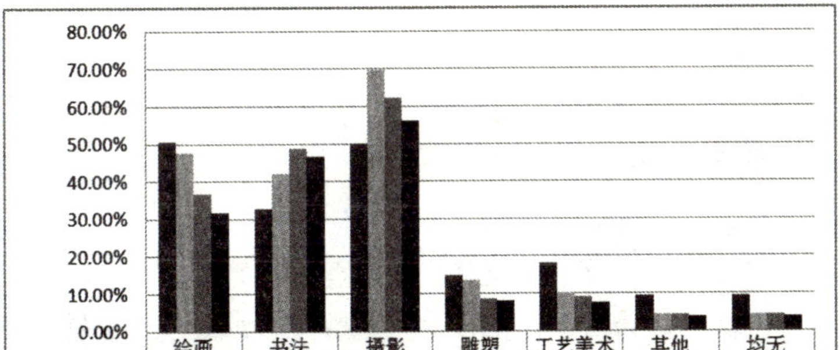

	绘画	书法	摄影	雕塑	工艺美术	其他	均无
■18岁以下	50.47%	32.71%	50%	14.95%	18.22%	9.35%	9.35%
■18-35岁	47.71%	42.08%	69.58%	13.64%	10.21%	4.41%	4.41%
■36-50岁	36.66%	48.71%	62.12%	8.46%	9.04%	4.16%	4.16%
■51岁以上	31.55%	46.52%	56.15%	8.02%	7.49%	3.74%	3.74%

图11　不同年龄对视觉艺术的兴趣差异

（二）参与方式

调查显示，中国公民在视觉类艺术活动参与方式的选择上也存在较大差异。参观展览、课程学习、艺术讲座是中国公民参与视觉类艺术活动时的主要方式。参观展览是首选，高达72.4%的公民选择它参与艺术活动；其次是课程学习，有31.9%的公民选择该种方式；艺术讲座位列第三，有28.83%的公民选择这种方式参与艺术活动。（见图12）

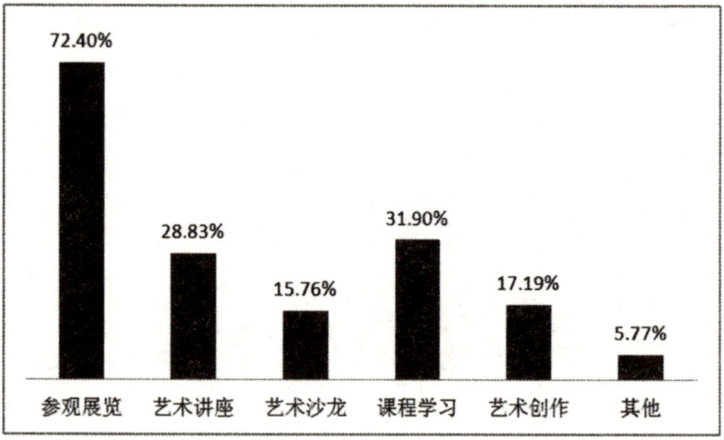

图12　视觉艺术的不同参与方式

通过对调查结果分析可知，性别差异对公民们选择艺术参与方式影响不大，但不同年龄层选择参与方式略有不同。18岁以上人群选择参观展览的方式居多，都在70%以上。而选择艺术课程学习的方式，18岁以下青少年的比例远远高于其他年龄阶段，高达50.93%，其次是18—36岁年龄段。艺术讲座和艺术沙龙的方式，18—36岁年龄段人群都高于其他年龄阶段。艺术创作方面，18岁以下青少年和18—36岁年龄段都高于其他年龄段。这说明，我国年轻人参与视觉类艺术活动的方式更多样、更深入。（见图13）

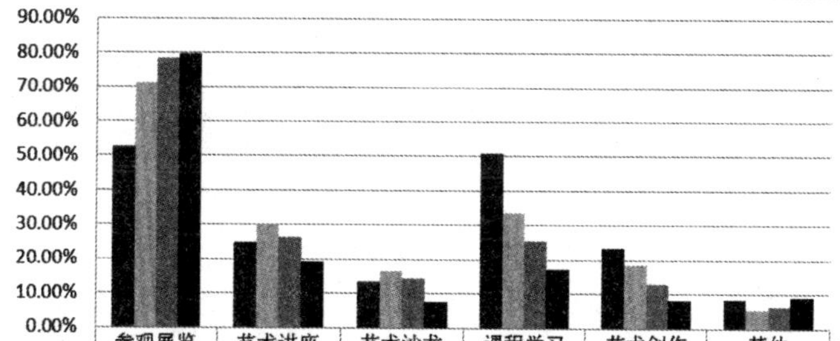

	参观展览	艺术讲座	艺术沙龙	课程学习	艺术创作	其他
■18岁以下	52.80%	24.77%	13.55%	50.93%	23.36%	8.41%
■18-35岁	71.20%	30.10%	16.63%	33.55%	18.57%	5.35%
■36-50岁	78.48%	26.47%	14.28%	25.39%	12.84%	6.31%
■51岁以上	79.68%	19.25%	7.49%	17.11%	8.02%	9.09%

图13　视觉艺术参与方式的年龄差异

另外，学历差异对公民选择艺术参与方式也有影响，调查结果显示，学历高的人群更经常地参观展览和参加艺术讲座活动。硕士研究生以上和本科生参观展览的都在70%以上，参加艺术讲座都在30%以上。（见图14）

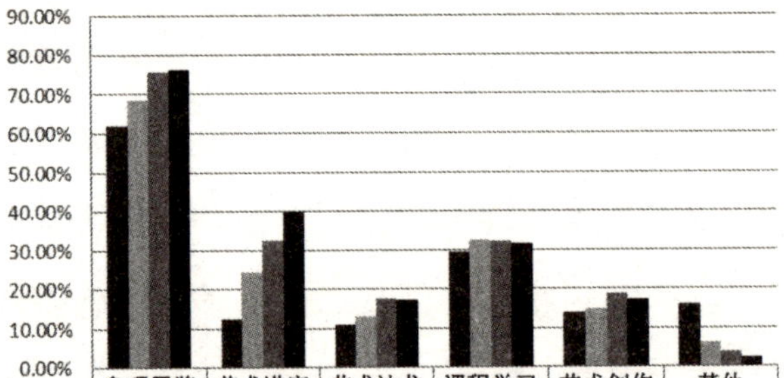

	参观展览	艺术讲座	艺术沙龙	课程学习	艺术创作	其他
高中（中专）以下	62.02%	12.53%	10.98%	29.59%	14.08%	15.89%
大学专科	68.44%	24.47%	13.09%	32.45%	14.86%	6.34%
大学本科	75.59%	32.54%	17.60%	32.20%	18.73%	3.89%
硕士研究生以上	76.35%	39.86%	17.12%	31.53%	17.12%	2.25%

图14　视觉艺术参与方式的学历差异

不同地区人群选择参与视觉类艺术的方式也不同。相对而言，北上广深、省会城市、地级市等大城市，参加参观展览、艺术讲座、艺术沙龙活动的人群高于县城、乡镇、农村，这与发达地区经常举办这类活动有关。选择参加艺术课程学习的人群中，农村地区高于乡镇，乡镇高于县城，均高于北上广、省会城市和地级市，这说明乡镇地区的人群参与艺术课程学习的意愿更强烈、时间更多。（见图15）

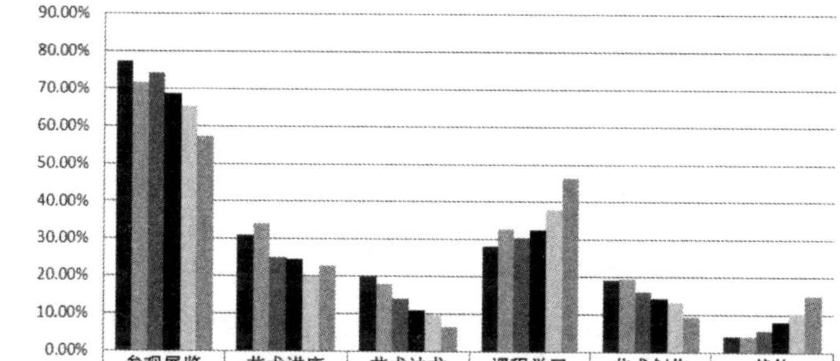

	参观展览	艺术讲座	艺术沙龙	课程学习	艺术创作	其他
北上广深	77.47%	31.03%	19.98%	28.06%	19.20%	4.04%
省会城市	71.74%	33.98%	17.78%	32.65%	19.47%	4.24%
地级市	74.28%	25.05%	13.99%	30.38%	15.92%	5.60%
县城	68.60%	24.65%	10.99%	32.50%	14.29%	8.01%
乡镇	65.15%	19.95%	9.60%	37.88%	13.13%	10.35%
农村	57.19%	22.68%	6.39%	46.33%	9.27%	15.02%

图15　视觉艺术参与方式的城市差异

三、表演艺术活动参与基本情况

据《中华人民共和国文化部2015年文化发展统计公

报》公示[①]，2015年全国文化部门所属艺术表演团体共组织政府采购公益演出13.87万场，比上年增长27.8%；观众1.22亿人次，增长23.1%。利用流动舞台车演出11.71万场次，增长10.3%；观众10661.15万人次，增长7.7%。全国共有艺术表演场馆2143个，观众坐席数178.67万个。各级文化部门所属艺术表演场馆1264个，比上年增加16个；观众坐席数89.90万个，比上年减少2.08万个；全年共举行艺术演出5.45万场次，比上年增长7.3%；艺术演出观众人次2388.11万人次，增长11.3%。这说明在表演艺术活动方面，我国正在加强创作力度，加大投入。

（一）参与艺术门类

通过对表演类艺术活动分类调查显示[②]，中国公民在诸多表演类艺术中，最经常参与的是音乐，占64.03%，超过其他艺术门类的总和。第二是舞蹈，占31.48%；第三是曲艺杂技，占23.79%；第四是戏剧，占19.33%。

---

① 《中华人民共和国文化部2015年文化发展统计公报》，http：//zwgk.mcprc.gov.cn/auto255/201604/t20160425_30466.html

② 出于调查操作的简便性考虑，本文将曲艺和杂技放在一个门类里调查，特此说明。

这说明音乐是公民生活中更容易接触和被喜爱的艺术门类。（见图16）

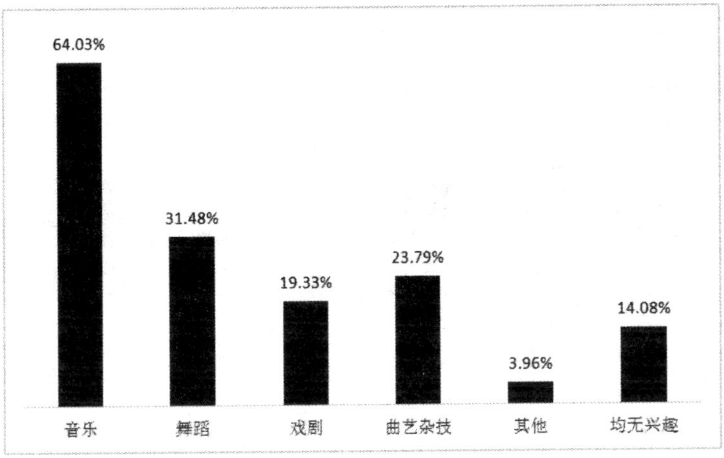

图16　表演艺术感兴趣情况

从性别差异上看，男女在音乐、戏剧兴趣方面较一致，但喜欢舞蹈艺术的女性显著多于男性，相差了近20个百分点。喜欢曲艺杂技的男性多于女性，相差近10个百分点。（见图17）

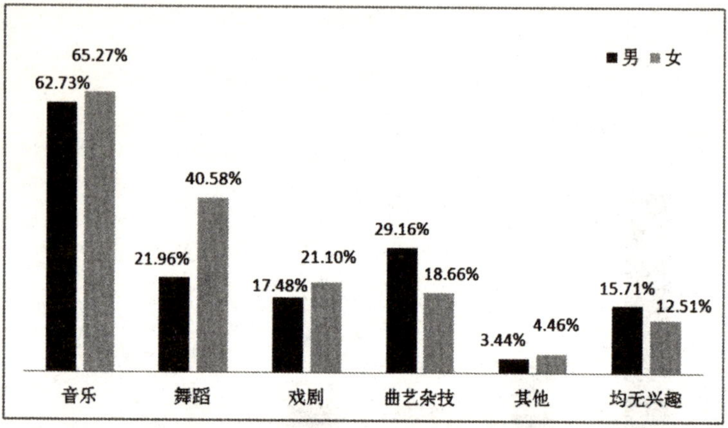

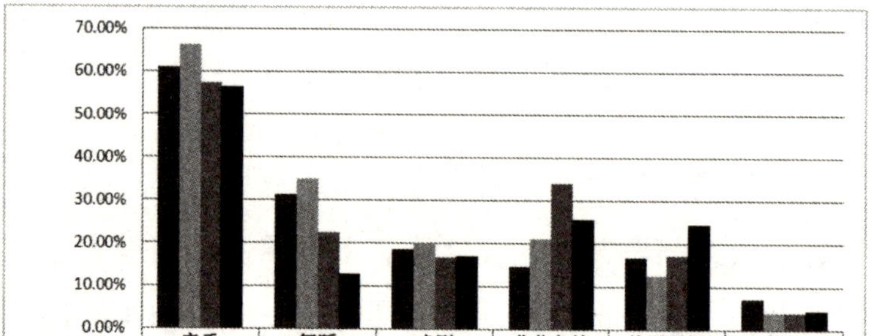

	音乐	舞蹈	戏剧	曲艺杂技	均无兴趣	其他
■18岁以下	61.21%	31.31%	18.69%	14.49%	16.82%	7.01%
■18-35岁	66.38%	34.90%	20.23%	21.10%	12.56%	3.86%
■36-50岁	57.53%	22.53%	16.71%	34%	17.36%	3.80%
■51岁以上	56.68%	12.83%	17.11%	25.67%	24.60%	4.28%

图18　年龄不同对表演艺术的兴趣差异

不同年龄层人群对表演类艺术门类的兴趣明显不同。18—35岁年龄段人群，对音乐、舞蹈、戏剧感兴趣的程度最高，其次是18岁以下青少年。36—50岁人群对曲艺杂技表现出浓厚兴趣。（见图18）

在学历方面，也显现出不同学历人群的喜好不同。调查显示，学历越高，对音乐、舞蹈和戏剧的喜爱程度越高。大学专科学历的人群最喜爱曲艺杂技，其次是本科学历人群和专科以下人群。（见图19）

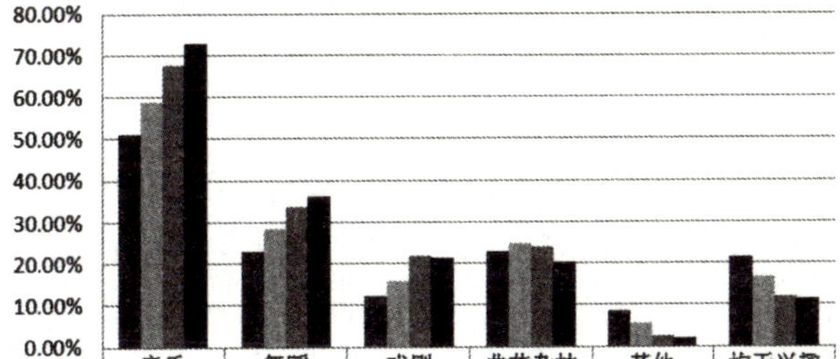

	音乐	舞蹈	戏剧	曲艺杂技	其他	均无兴趣
■高中（中专）以下	51.03%	23%	12.27%	23%	8.53%	21.58%
■大学专科	58.90%	28.43%	15.88%	24.74%	5.59%	16.50%
■大学本科	67.61%	33.83%	21.86%	24.02%	2.63%	11.92%
■硕士研究生以上	72.97%	36.26%	21.40%	20.05%	2.03%	11.49%

图19　学历不同对表演艺术的兴趣差异

城市发达程度的不同，相应人群也表现出艺术兴趣的差异。相对而言，生活在北上广深、省会城市、地级

市的人群更喜爱音乐、舞蹈、戏剧，县城、乡镇、农村的人更喜爱曲艺杂技。（见图20）

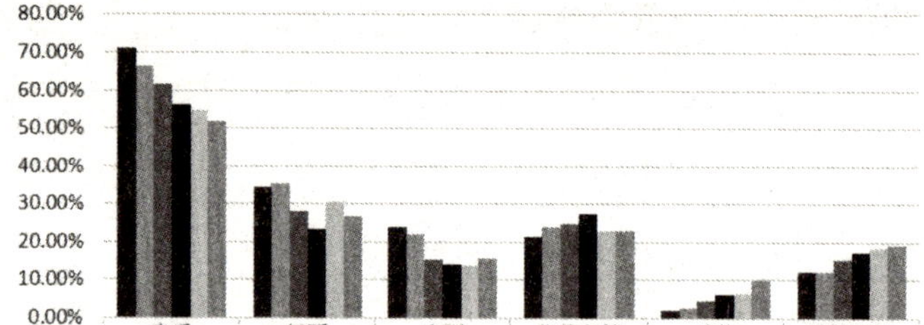

	音乐	舞蹈	戏剧	曲艺杂技	其他	均无兴趣
北上广深	71.05%	34.24%	23.96%	21.52%	2.20%	12.19%
省会城市	66.38%	35.36%	21.92%	24.07%	2.81%	12.06%
地级市	61.49%	28.05%	15.26%	24.78%	4.53%	15.26%
县城	56.20%	23.23%	14.13%	27.47%	6.28%	17.27%
乡镇	54.55%	30.56%	13.64%	22.98%	6.57%	18.43%
农村	51.76%	26.84%	15.65%	23%	9.90%	19.17%

图20　不同城市对表演艺术的兴趣差异

（二）参与方式

抽样调查显示，在观看演出、艺术讲座、艺术沙龙、课程学习、艺术创作等主要表演类艺术参与方式中，中国公民首选参与方式是观看演出，有78.17%的人群选择；其次是艺术讲座，占26.32%。经常参加艺术课程学习的人群占24.33%，位列第三；有12.52%的人群参与艺术创作，参加艺术沙龙的人占11.76%。（见图21）调查显示，年龄、所属地区、收入等基本因素与中国公民选择不同表演类艺术参与方式的相关性不显著。但不同年龄阶段、不同学历、所在地区发达程度、职业等不同人群在选择表演类艺术参与方式上表现出较明显差异。

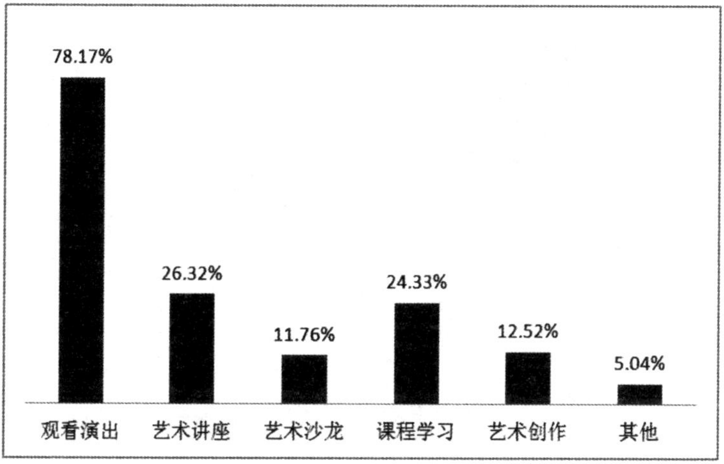

图21　表演艺术的不同参与方式

从年龄方面来看，年纪越大的人群，更经常地观看演出，呈现出观看演出人群随年龄递增占比递增的趋势。参与艺术课程学习和艺术创作人群，呈现出随年龄递增而占比递减的情况，这说明越年轻的人群，更经常地参与艺术课程学习和艺术创作。而经常参与艺术讲座与艺术沙龙的人群中，18—35岁和36—50岁两个阶段的人群所占比例较高。（见图22）

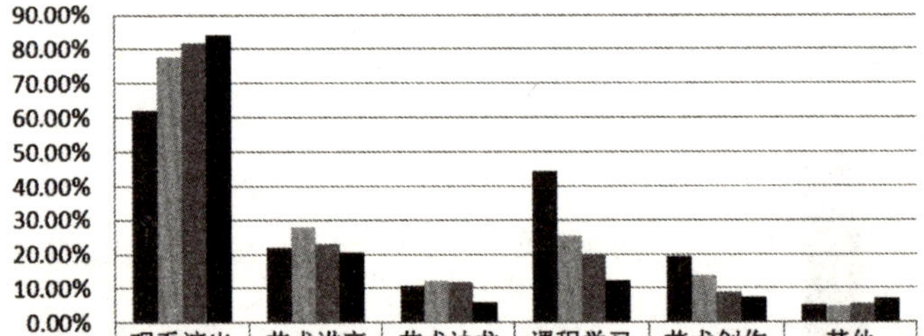

	观看演出	艺术讲座	艺术沙龙	课程学习	艺术创作	其他
■18岁以下	62.15%	21.96%	10.75%	44.39%	19.16%	5.14%
■18-35岁	77.57%	27.76%	12.04%	25.15%	13.52%	4.88%
■36-50岁	81.85%	22.96%	11.76%	20.09%	8.82%	5.31%
■51岁以上	83.96%	20.32%	5.88%	12.30%	7.49%	6.95%

图22　表演艺术参与方式的年龄差异

从学历方面看，学历程度高的人群，较多地选择观看演出、艺术讲座、艺术沙龙的参与方式，本科、硕士及以上学历人群在这三项调查上，都高于大学专科和高中（中专）及以下人群。艺术创作方面，参与方式的差异度不显著，但在参加艺术课程学习方面，大学专科和

高中（中专）以下略高于大学本科和硕士及以上人群。（见图23）

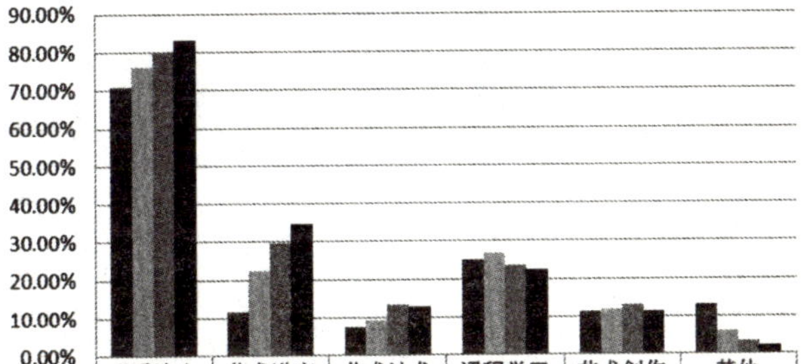

	观看演出	艺术讲座	艺术沙龙	课程学习	艺术创作	其他
■高中（中专）以下	70.67%	11.76%	7.62%	24.94%	11.24%	13.18%
■大学专科	76.07%	22.56%	9.41%	26.79%	11.93%	6.00%
■大学本科	79.93%	29.76%	13.39%	23.47%	13.13%	3.34%
■硕士研究生以上	83.11%	34.68%	12.84%	22.52%	11.49%	2.25%

图23　表演艺术参与方式的学历差异

从地区发达程度来看，所在地区越接近城市或者城市相对较大的地区，观看演出、参加艺术讲座、艺术沙龙、艺术创作的人群高于县城、乡镇和农村。其中，省会城市参与艺术讲座的人群高于北上广深。地级市参与艺术创作的人群略低于县城、乡镇。而乡镇、农村参与艺术创作的人群略高于北上广深、省会城市和地级市。（见图24）

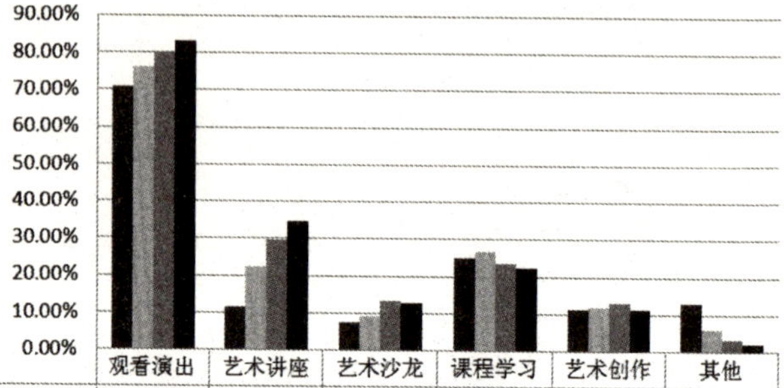

	观看演出	艺术讲座	艺术沙龙	课程学习	艺术创作	其他
■高中（中专）以下	70.67%	11.76%	7.62%	24.94%	11.24%	13.18%
■大学专科	76.07%	22.56%	9.41%	26.79%	11.93%	6.00%
■大学本科	79.93%	29.76%	13.39%	23.47%	13.13%	3.34%
■硕士研究生以上	83.11%	34.68%	12.84%	22.52%	11.49%	2.25%

图24　表演艺术参与方式的地区差异

职业差异体现出的表演类艺术参与方式基本持平，略有差异。其中，国有企业普通职员、私营/民营企业普通职员、离退休人员是选择“观看演出”参与方式最多的人群。艺术讲座更受外资/合资企业、公务/事业单位和国有企业管理人员亲睐。外资/合资企业、国企、私企民企管理人员更多地参与艺术沙龙。学生和家庭主妇由于课业和时间的关系，参与艺术课程学习的最多，普通公务员和外企管理人员也较多参与艺术课程学习。在艺术创作方面，军人和外企/合资企业人员参与比例较高。通过调查可知，外企/合资企业管理人员较多地参与表演

艺术活动。（见表9）

表9　表演艺术参与方式的职业差异

	观看演出	艺术讲座	艺术沙龙	课程学习	艺术创作	其他
公务/事业单位管理人员	80.25%	35.31%	12.10%	20.74%	12.10%	2.22%
公务/事业单位普通职员	78.40%	26.22%	7.88%	25.68%	10.87%	4.62%
国有企业管理人员	82.94%	38.10%	15.87%	19.44%	17.86%	1.59%
国有企业普通职员	81.43%	26.79%	14.11%	21.07%	10.36%	2.86%
外资/合资企业管理人员	73.47%	45.92%	22.01%	24.18%	20.38%	2.99%
外资/合资企业普通职员	82.41%	25.73%	15.31%	17.59%	7.82%	3.91%
私营/民营企业管理人员	81.70%	25.33%	16.36%	21.09%	11.88%	6.64%
私营/民营企业普通职员	78.41%	19.11%	9.40%	19.73%	10.12%	6.40%
个体经营	74.26%	12.24%	12.66%	21.94%	12.24%	11.81%

（续表）

	观看演出	艺术讲座	艺术沙龙	课程学习	艺术创作	其他
学生	76.44%	28.37%	8.43%	36.09%	15.13%	4.18%
自由职业者	74.23%	19.63%	10.43%	23.31%	13.50%	7.36%
农民、工人	63.33%	13.33%	3.33%	10%	3.33%	23.33%
家庭主妇	63.64%	18.18%	7.27%	30.91%	10.91%	10.91%
军人	66.67%	0%	0%	0%	33.33%	0%
离退休人员	84.31%	15.69%	1.96%	5.88%	1.96%	13.73%
其他	63.83%	8.51%	6.38%	22.34%	11.70%	25.53%

四、阻碍中国公民艺术素养提高的因素

（一）社会艺术产品的供给满足不了公民的需求

根据《中华人民共和国文化部2015年文化发展统计

公报》公布，2015年，中央财政通过继续实施“三馆一站”免费开放、非物质文化遗产保护、公共数字文化建设、地市级公共文化设施建设等文化项目，共落实中央补助地方专项资金47.80亿元，比上年增长2.7%。2015年全国文化事业费682.97亿元，比上年增加99.53亿元，增长17.1%，增长速度比上年提高7.1个百分点；全国人均文化事业费49.68元，比上年增加7.03元，增长16.5%。文化事业费占财政总支出的比重为0.39%，比重比上年提高0.01个百分点。国家和社会提供的艺术产品已经大大地提高，但是我们发现社会艺术产品的供给和需求还存在矛盾，许多地方还存在公民想进行艺术消费但是没有适当的消费活动或找不到相应的艺术产品的情况。

第一，公民找不到信息渠道。调查数据显示，影响公民参与艺术活动的原因除“工作较忙没有时间”和“费用太高”外，位居第三的是“找不到渠道”，占36.66%。“找不到渠道”存在两种可能性，一是社会提供的艺术产品较少，满足不了公民日益增长的需求；二是社会提供的艺术产品与公民的需求信息不对称。（见表10）

表10　阻碍公民参与艺术活动的原因

	找不到信息渠道	不感兴趣	费用太高	工作较忙没有时间	一直参与，没有影响	其他
男	33.26%	15.97%	42.98%	62.04%	8.36%	1.33%
女	36.66%	10.70%	51.25%	61.41%	8.02%	1.60%

第二，收入高的人有钱没地方消费。通过对“找不到信息渠道”的公民收入水平分布情况的分析（见图25），我们发现收入与公民找寻艺术消费活动的信息困难度的分布呈现“U”型。调查数据显示，在年收入12,000元—50,000元之间，公民寻找艺术活动的信息困难度随收入水平的增加而降低，从40.96%降至29.62%。年收入50,000元—200,000元之间却呈现相反的趋势，收入水平越高，公民寻找艺术活动的信息困难度越高。但是当年收入水平超过200,000元时，公民寻找艺术活动的信息难度急剧下降，仅为23.78%。因此，收入水平和公民寻找艺术活动的信息困难度并不是成正相关，这清楚地表明我们社会提供的艺术产品并不能满足公民的文化艺

术需要。

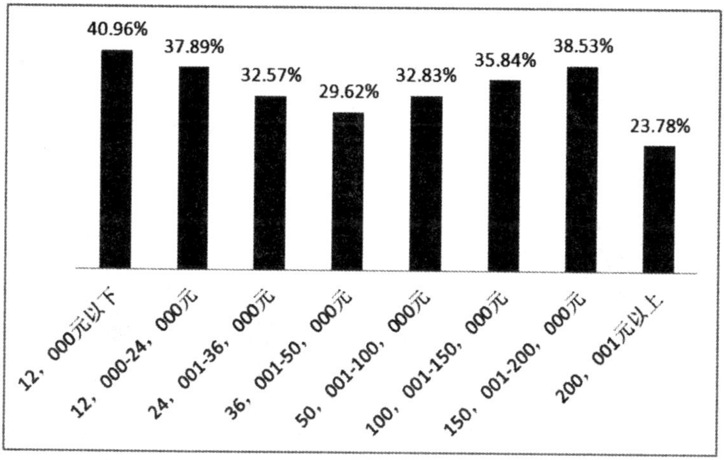

图25　“找不到信息渠道”的公民的收入水平分布

第三，具有消费潜力的人群没有地方消费。我们通过对“找不到信息渠道”公民的学历分布情况进行了分析（见图26），发现学历层次高的“大学本科”和“硕士研究生以上”认为“找不到信息渠道”的分别占35.70%和35.14%。并不是我们通常认为的高学历的公民在艺术素养、艺术需求、艺术消费能力以及在艺术活动信息的搜寻上都占有优势条件、是社会艺术产品消费潜力大的人群，调查的数据表明，“大学专科”学历的人群只有31.7%认为“找不到信息渠道”。因此，我们认为提供艺术产品的企业应该重点对高学历的人群进行宣传，挖掘他们的艺术消费潜力。

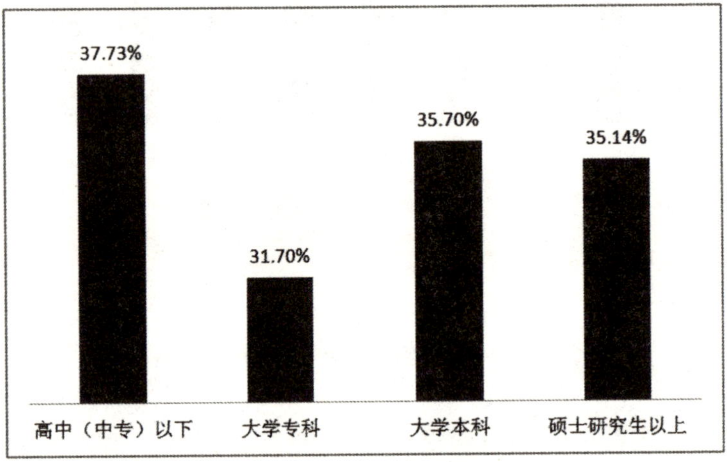

图26 “找不到信息渠道”的公民的学历分布

此外，我们对“找不到信息渠道”的公民的职业分布情况进行了分析，发现一些具有消费潜力的职业人群寻找艺术活动的信息渠道的难度比较高。如管理人员、外资企业职员的收入水平和素质都很高，但他们寻找艺术活动信息渠道的难度都超过平均水平。学生和自由职业者的艺术消费能力比较强，他们有足够的休闲时间，但是我们的数据表明，他们认为“找不到信息渠道”的比例最高，达到46.18%和39.26%。（见图27）

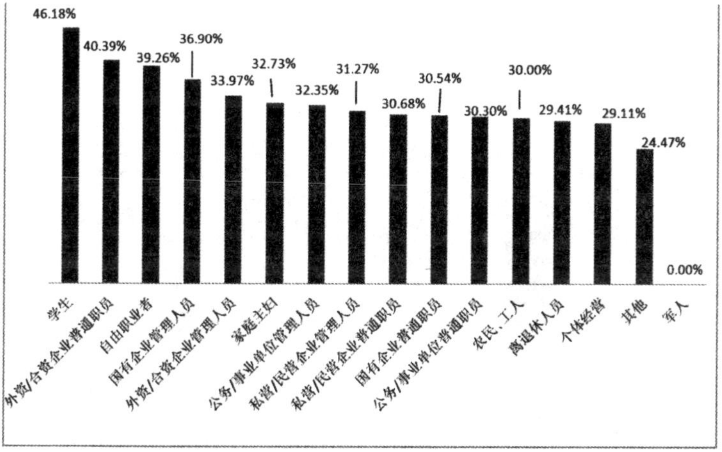

图27　“找不到信息渠道”的公民的职业分布

第四，具有消费潜力的地区没有地方消费。我们对“找不到信息渠道”的公民区域分布情况进行了分析（见图28），发现经济发达的华南、华东地区的公民“找不到信息渠道”的比例高于其他地区，分别为36.42%和34.71%，另外人口密度比较大的西南和东北的公民“找不到信息渠道”的比例也比较高，分别为35.81%和34.43%。而经济发展水平和人口密度较少的西北地区的公民“找不到信息渠道”的比例最低，仅为33.22%。这表明经济发达和人口密集的地区本来应该具有艺术消费的潜力，但很多公民因没有信息渠道而失去参与艺术活动的机会。

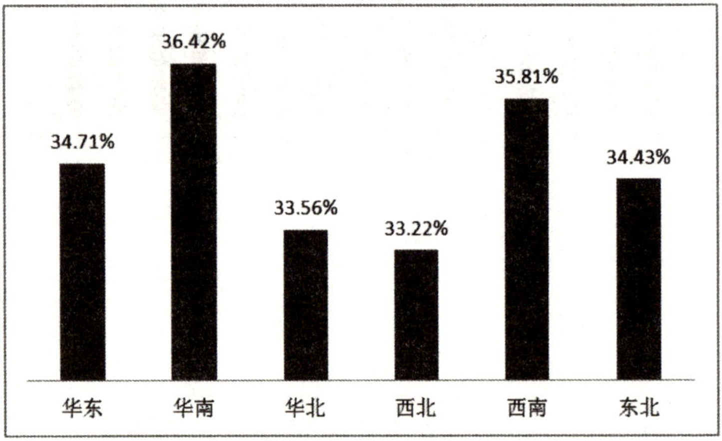

图28　“找不到信息渠道”的公民的区域分布

此外，从“找不到信息渠道”公民的城市分布情况来看（见图29），我们也发现不是经济越发达、人口越稠密的城市的公民更能找到参与文化艺术活动的信息渠道。调查数据表明，除农村外，县城和地级市的公民认为自己比较容易找到参与艺术活动的信息渠道，而北上广和省会城市的公民认为找不到信息渠道的比例分别为35.08%和35.92%，几乎与乡镇和农村的比例差不多。

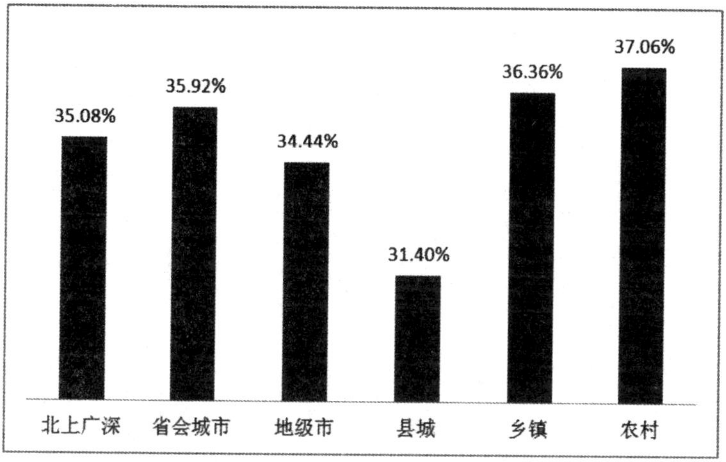

图29　“找不到信息渠道”的公民的城市分布

（二）公民的收入水平制约了对艺术产品的消费

对艺术产品的消费需要收入的支撑，因此公民的收入水平是制约艺术产品消费的重要因素。调查数据显示，尽管随收入水平的上升，公民认为“费用太高”的

比例在不断下降，但是从整体来看，认为“费用太高”的公民的比例平均达到43%。（见图30）

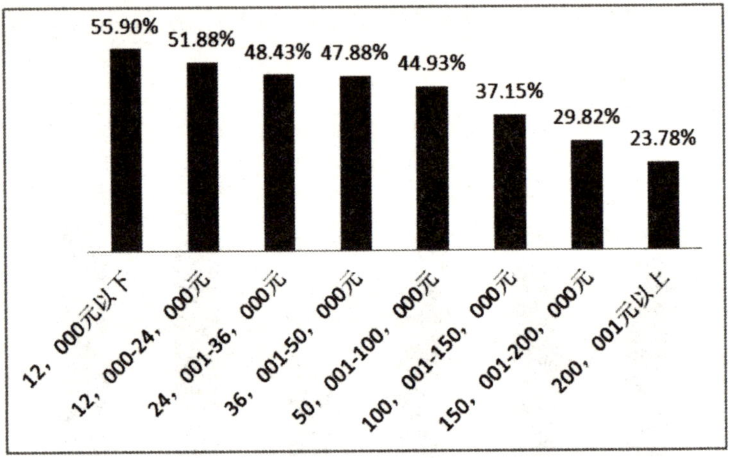

图30　认为“费用太高”的公民收入水平分布

第一，中青年人群因消费费用高而不能参加艺术活动。中青年人群本来应该是艺术活动参与和消费主力，但是调查的数据显示，18岁以下的公民有46.26%认为“费用太高”，而18—35岁的公民有48.69%有同感，他们远高于36岁以上的公民。（见图31）

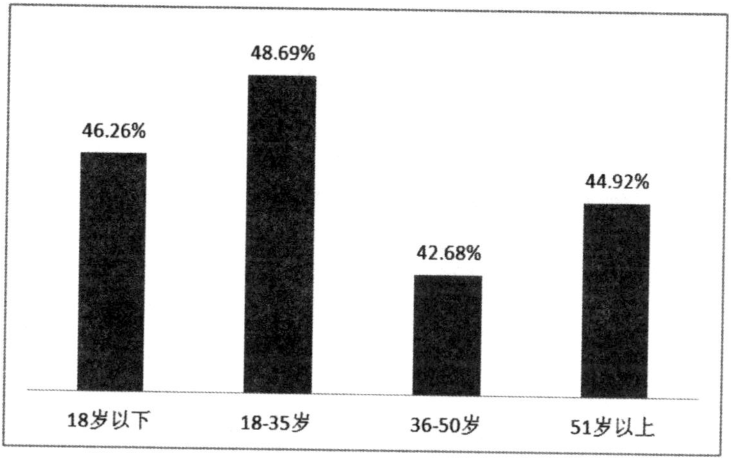

图31　因“费用太高”不能参加艺术活动公民的年龄分布

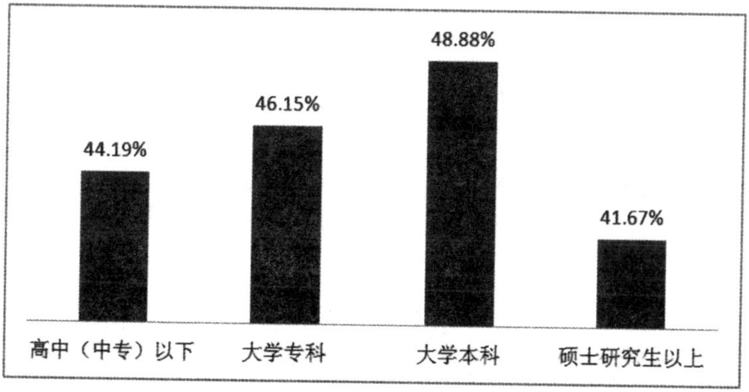

图32　因“费用太高”而不能参加艺术活动的公民学历分布

第二，占学历层次主体的大学专科和大学本科的人群普遍认为参与艺术活动费用高。调查数据显示，拥有大学专科学历的公民有46.15%认为“费用太高”不能参加艺术活动；拥有大学本科学历的公民有48.88%认为“费用太高”不能参加艺术活动。这两个学历层次的公民如今都为社会的主体，他们数量庞大，因此必须挖掘他们的艺术消费潜力。（见图32）

第三，数量庞大的学生、离退休人员和家庭主妇因收入而制约其艺术产品的消费。调查数据显示，不同职业的公民认为“费用太高”的比例不一样，依次为学生，离退休人员，家庭主妇，私营/民营企业普通职员，外资/合资企业普通职员，公务/事业单位普通职员，国有企业普通职员，自由职业者，公务/事业单位管理人员，其他，私营/民营企业管理人员，农民、工人，个体经营，国有企业管理人员，军人，外资/合资企业管理人员。其中居前三位的分别为：学生60.60%，离退休人员52.94%，家庭主妇52.73%。这三类人有充足的闲暇时间，特别是学生对艺术活动的需求最大，因此我们要关注他们的艺术需求。（图33）

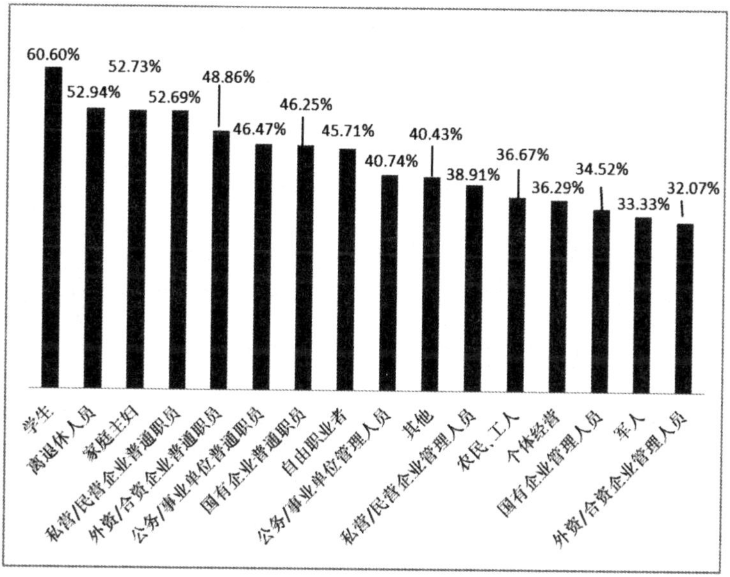

图33　认为“费用太高”公民的职业分布

（三）公民参与艺术活动的闲暇时间不足

调查数据显示，当问及“您觉得是什么影响您的参与度”时，有61.73%的公民认为“工作较忙没有时间”，居首位。（见表11）

表11　公民不能参与艺术活动原因

	找不到信息渠道	不感兴趣	费用太高	工作较忙没有时间	一直参与没有影响	其他
男	33.26%	15.97%	42.98%	62.04%	8.36%	1.33%
女	36.66%	10.70%	51.25%	61.41%	8.02%	1.60%

第一，收入水平越高越没有时间参与艺术活动。调查数据表明，随收入水平的不断提高认为“工作较忙没有时间”的公民比例越高，其中年收入在100，001—150,000元的比例最高，达到72.50%；年收入在200，001元以上的也有67.3%的公民认为“工作较忙没有时间”。（见图34）

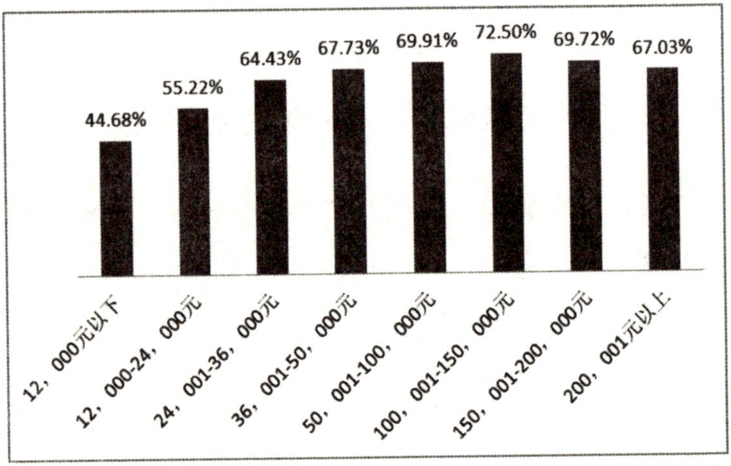

图34　认为“工作忙没有时间”的公民的收入水平分布

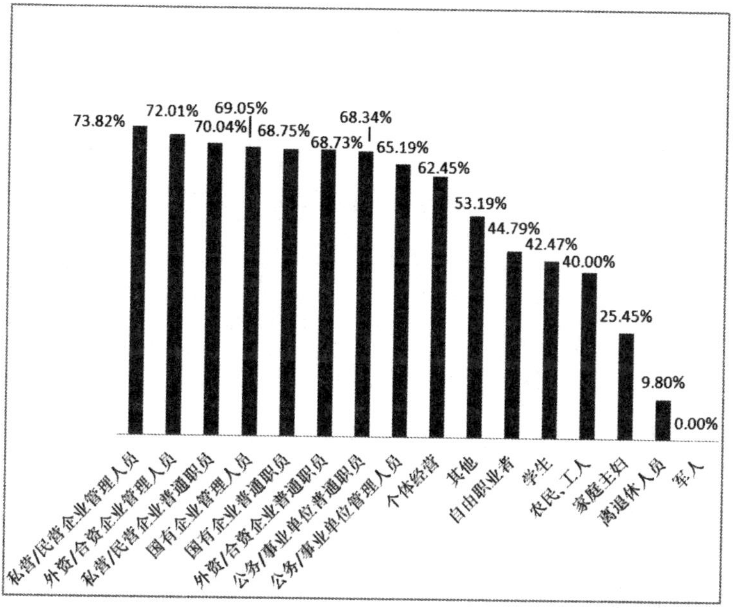

图35　认为“工作忙没有时间”的公民的职业分布

第二，具有消费潜力的职业人群因没有时间而没有机会参与文化艺术活动。调查数据显示，认为“工作较忙没有时间”参与文化艺术活动的公民中，私营/民营企业管理人员有73.82%，外资/合资企业管理人员有72.01%，私营/民营企业普通职员有70.04%，国有企业管理人员有69.05%的人持有同感，这四类人群在被调查的职业中居前列。而且我们发现这四类人群的艺术消费需

求和能力都比较强，但因缺乏足够的闲暇时间而不能参加艺术活动。（见图35）

第三，经济发达地区的公民普遍感到“工作忙没有时间”参加艺术活动。调查数据显示，认为“工作忙没有时间”的公民，北上广深占65.52%，省会城市占62.80%，地级市占60.76%，县城占59.97%，乡镇占58.84%，农村占46.33%，明显呈现出经济越发达的地区的公民休闲时间越少而无法参与艺术活动的趋势。（见图36）

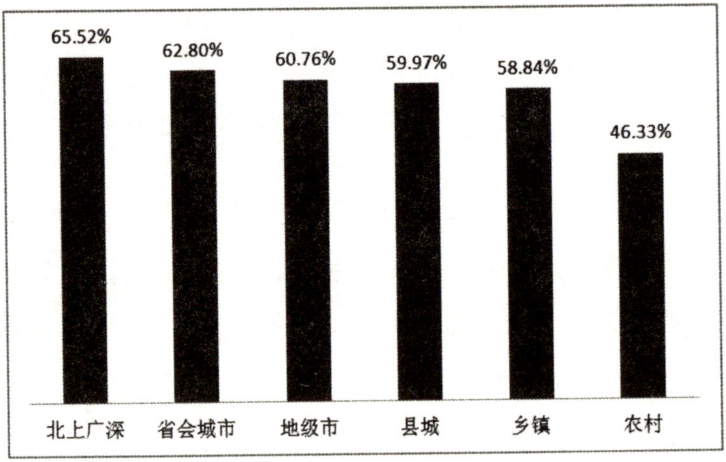

图36　认为“工作忙没有时间”的公民的城市分布

此外，调查数据也表明，从区域来看，经济发达的华东、华北和华南的公民也普遍认为“工作较忙没有时间”。其中，华东的公民占64.62%，华南占61.65%，华北占61.89%。（见图37）

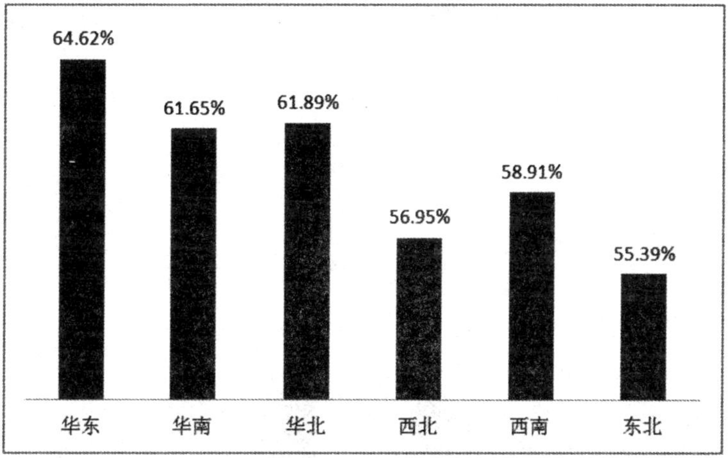

图37　认为“工作忙没有时间”的公民的区域分布

第四，最有消费潜力的公民因“工作忙没有时间”而不能参与文化艺术活动。调查数据显示，认为，“工作忙没有时间”参加文化艺术活动的公民中，高中（中专）以下占49.87%，大学专科占59.85%，大学本科占63.80%，硕士研究生以上占70.72%。数据表明，学历层

次越高，人们越没有时间参加艺术活动。（见图38）

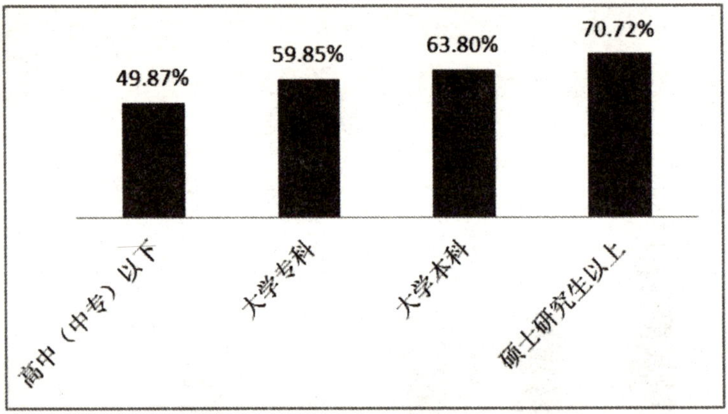

图38　认为“工作忙没有时间”的公民的学历分布

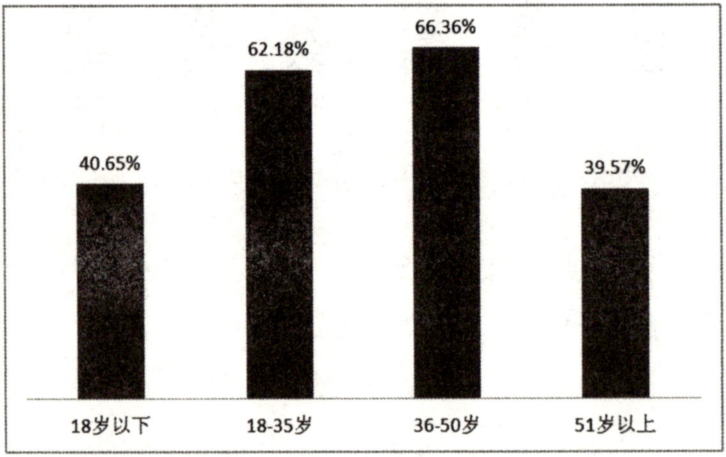

图39　认为“工作忙没有时间”的公民的年龄分布

此外，从年龄来看，中青年的人群参加艺术活动的时间比较少。调查数据显示，认为“工作较忙没有时间”的公民中，18岁以下占40.65%，18—35岁占62.18%，36—50岁占66.36%，但是在51岁以上的人群中，只有39.57%的人认为“工作较忙没有时间”，因为他们逐渐离开工作岗位达到退休年龄，有足够的休闲时间参加艺术活动。（图39）

第六章　提高中国公民艺术素养的思考

当前各级政府要着眼于保障群众的基本文化权益，按照《国家基本公共文化服务指导标准（2015—2020年）》和各地实施标准，由县级人民政府结合自身财力和群众文化需求，制定本地基层综合性文化服务中心基本服务项目目录（以下简称“服务目录”），重点围绕文艺演出、读书看报、广播电视、电影放映、文体活动、展览展示、教育培训等方面，设置具体服务项目，明确服务种类、数量、规模和质量要求，实现“软件”与“硬件”相适应、服务与设施相配套，为城乡居民提供大致均等的基本公共文化服务。具体措施如下：

一、加强意识

要解决公民艺术素养的上述问题，必须首先明确艺术素养对于现代化建设和公民素质全面发展的重要作用，缺失艺术教育的教育是不完全的教育，没有接受艺术教育的人是不完全的人。艺术教育是“人本”教育，不是“文本”教育；艺术教育是“艺术”教育，不是“技术”教育，潜移默化地提升公民的艺术素养，能增强公民的审美体验和审美能力，陶冶情操，开启心智，丰富想象力和创造力。只有坚持以德育人、以教启智、以文化人，积极践行社会主义核心价值观，才能一步步找到解决问题的办法。这里所说的强化，是对全社会而言的，无论是政府还是公民个体都必须统一认识，只有这样才能从根本上提高全社会对艺术素养的关注。例如，在商业视觉产品如此发达的今天，如果没有对于艺术品质的关注和对自身艺术素养的追求，人们很容易迷失在图像爆炸的视觉世界里，找不到自己对于艺术的独立认识和见解，也就更谈不上艺术创造。

二、营造环境

在加强意识的基础上，政府和全社会必须合力为公民营造一个良好的艺术体验环境。因为艺术素养并不能够通过简单的学习或给予而获得，而且每个公民个体的艺术素养的形成和提高都是不同的，只有通过长期不间断的艺术熏陶，才能使整个公民群体得到艺术素养的提升。因此，大的良好的艺术体验环境的营造，应该是政府和全社会共同努力的方向。就苏南地区而言，面向全社会公众的艺术普及教育活动已经开始逐渐增多，但仍然需要更多的社会力量和艺术教育资源的注入，依托综合性网络平台的构筑，学习者通过链接网络媒介，搜索、选用、欣赏和学习其中的艺术资源，也可以通过网络平台的指示，参观和欣赏到博物馆和美术馆中的虚拟展品。可以针对文化的消费者——社会大众，小到幼儿、大至已经退休的老人，实施艺术普及惠民工程，向城乡社区辐射，分设社区艺术素养学习指导中心，真正实现大众艺术素养和审美情趣的提升。依托综合性的网络平台和学习指导中心，各类人群可自主选择适于自己的数字化学习资源，选择合适的学习终端和多网接入方式，开展所选课程的自主学习或协作学习；教师通过公共服务平台为学习者提供主讲网络课程、在线辅导和在线测试。对于需要面授但路途较远的学员可以就近到分设的教学中心参加面授辅导、小组讨论等多种形式的培训，开展自选的艺术实践项目或高级培训，在这种学习和服务模式中，平台总部与各学习指导中心构成组织结构上的连锁加盟的合作关系，既发挥学生的主体作用，又发挥教师的主导作用；并形成一个长期固定的、有完整教学大纲和计划、有足够资金支持的艺术教育机制，使之制度化并持之以恒。逐步建立起一个不同层次和门类，相互沟通协作的大文化艺术教育体系。需拿出必要的时间和资金来保证系统化的教育项目的进行，以得益于每一位公民。

与此同时，将艺术素质教育和公民素质培养的核心任务融入学校的教学活动，让成长中的未来一代在小的时候就能够培养出良好的艺术素养。只有好的艺术启蒙课程和丰富的艺术体验活动，以及更有效地参与艺术创作实践，才能真正形成最益于培养和提高公民艺术素养的社会环境。

三、加大并调整艺术产品供给

2015年11月10日，习近平总书记在中央财经领导小组第十一次会议的讲话中提出了“供给侧改革”。2016年，习总书记在《省部级主要领导干部学习贯彻党的十八届五中全会精神专题研讨班上的讲话》中再次强调解释了“供给侧改革”，强调“供给侧改革”就是“用改革的办法推进结构调整，减少无效和低端供给，扩大有效和中高端供给，增强供给结构对需求变化的适应性和灵活性，提高全要素生产率。”使供给体系更好适应需求结构变化。从文化艺术领域来看，就是要了解公民精神需求的变化，提供更符合公民艺术需要的艺术产品。具体而言，要从以下方面着手：

第一；以人为本，对接需求。把保障人民群众基本文化权益作为工作的出发点和落脚点，把群众满意度作为检验工作的首要标准，建立健全群众需求反馈机制，促进供需有效对接，真正把综合性文化服务中心建成服务基层、惠及百姓的民心工程。

第二；统筹规划，共建共享。以中西部地区和老少边穷地区为重点，从城乡基层实际出发，发挥基层政府的主导作用，加强规划指导，科学合理布局，整合各级各类面向基层的公共文化资源和服务，促进优化配置、高效利用，形成合力。

第三；因地制宜，分类指导。综合考虑不同地区的经济发展水平、人口变化、文化特点和自然条件等因素，坚持试点先行，及时总结不同地区建设经验，发挥典型示范作用，推动各地形成既有共性又有特色的建设发展模式。

第四；组织引导群众文体活动。支持群众自办文化，依托基层综合性文化服务中心，兴办读书社、书画社、乡村文艺俱乐部，组建演出团体、民间文艺社团、健身团队以及个体放映队等。结合中华传统节日、重要节假日和重大节庆活动等，通过组织开展读书征文、文艺演出、经典诵读、书画摄影比赛、体育健身竞赛等文体活动，吸引更多群众参与。加强对广场舞等群众文体活动的引导，推进广场文化健康、规范、有序发展。工会、共青团、妇联等群团组织保持和增强群众性，以基层综合性文化服务中心为载体开展职工文化交流、青少年课外实践和妇女文艺健身培训等丰富多彩的文体活动。

第五；完善政策体系。加强对政府向社会力量购买公共文化服务工作的组织领导、政策支持、财政投入和监督管理，按照相关法律法规要求，坚持与文化、体育事业单位改革相衔接，坚持与完善文化、体育管理体制相衔接，制定中央与地方协同配套、操作性强的政府向社会力量购买公共文化服务政策体系和管理规范。

四、整合社会文化艺术资源

整合各级各类面向基层的公共文化资源。发挥基层综合性文化服务中心的终端平台优势，整合分布在不同部门、分散孤立、用途单一的基层公共文化资源，实现人、财、物统筹使用。以基层综合性文化服务中心为依托，推动文化信息资源共建共享，提供数字图书馆、数字文化馆和数字博物馆等公共数字文化服务；推进广播电视户户通，提供应急广播、广播电视器材设备维修、农村数字电影放映等服务；推进县域内公共图书资源共建共享和一体化服务，加强村（社区）及薄弱区域的公共图书借阅服务，整合农家书屋资源，设立公共图书馆服务体系基层服务点，纳入基层综合性文化服务中心管理和使用；建设基层体育健身工程，组织群众开展体育健身活动等。同时，加强文化体育设施的综合管理和利用，提高使用效益。

同时培育市场主体，丰富服务供给。进一步发挥市场在文化资源配置中的积极作用，推进政府向社会力量购买公共文化服务与培育社会化公共文化服务力量相结合，规范和引导社会组织健康发展，逐步构建多层次、多方式的公共文化服务供给体系。以满足人民群众基本公共文化需求为目标，突出公共性和公益性，不断创新政府向社会力量购买公共文化服务模式，建立“自下而上、以需定供”的互动式、菜单式服务方式，推动公共文化服务供给与人民群众文化需求有效对接。

附录

中国公民艺术素养调查问卷

您好！

非常感谢您抽空填答此问卷。

这是一份学术性的研究问卷，研究目的是为了解国内公民艺术素养。本问卷采用匿名的方式，您所提供的信息仅供学术研究之用，决不另作他用或向第三方披露，敬请您安心填答。您所回答的答案并无对、错之分，只希望您能表达自己的真实意见和想法。您的热心参与将有助于本研究的顺利完成，在此先向您致上衷心的感谢！

问卷主文本：

1. 您的性别？（单选）

男□　女□

2. 您的年龄？（单选）

18岁以下□　18—35岁□　36—50岁□　51岁以上□

3. 您的最高学历？（单选）

高中（中专）以下□　大学专科□　大学本科□

硕士研究生以上□

4. 您的生活地区？（单选）

华东□　华南□　华北□　西北□　西南□　东北□

5. 您的生活城市？（单选）

北上广深□　省会城市□　地级市□　县城□　乡镇□　农村□

6. 您的职业？（单选）

公务员/事业单位	管理人员□	普通职员□	
国有企业	管理人员□	普通职员□	
外资/合资企业	管理人员□	普通职员□	
私营/民营企业	管理人员□	普通职员□	
其他职业	个体经营□	学生□	自由职业者□
	农民、工人□	家庭主妇□	军人□
	离退休人员□		

7. 您的年收入是（如果您没有收入来源，请将年生活费算作年薪）？（单选）

12,000元以下□　12,000—24,000元□　24,001—36,000□

36,001—50,000元□50,001—100,000元□　100,001—150,000元□

150,001—200,000元□　200,001元以上□

8. 您对各种艺术类别的消费与收入占比？（艺术消费包含绘画、书

法、雕塑、工艺美术、摄影、音乐、舞蹈、戏剧、曲艺杂技等）注：年收入的艺术消费比例。（单选）

无消费□　10%以下□　11%—20%□　21%—30%□　31%—40%□　41%—50%□　50%以上□

9. 您对艺术活动的参与度？（艺术活动包含绘画、书法、雕塑、工艺美术、摄影、音乐、舞蹈、戏剧、曲艺杂技等）（单选）

艺术从业者□　感兴趣并参与□　感兴趣但不参与□　完全没兴趣□

10. 您觉得是什么影响您的参与度？（多选，最多三项）

找不到信息渠道□　不感兴趣□　费用太高□　工作较忙没有时间□　一直参与，没有影响□　其他□

11. 您对哪些视觉类艺术较感兴趣？（多选，最多三项）

绘画□　书法□　工艺美术□　雕塑□　摄影□　其他□　均无兴趣□

12. 您是否愿意参与视觉类艺术活动及参与频次？（如绘画、书法、工艺美术、雕塑、摄影等）注：该题目代表形式计算，每年不足10次按每年一次计算，以此类推，该题不以测算数据为主。（单选）

每年一次□　每月一次□　每星期一次□　从不参与□

13. 您经常通过哪些方式参与视觉类艺术活动？（多选，最多三项）

参观展览□　艺术讲座□　艺术沙龙□　课程学习□　艺术创作□

14. 您平时喜欢参与哪些表演类艺术活动？（多选，最多三项）

音乐□　舞蹈□　戏剧□　曲艺杂技□　其他□　均无兴趣□

15. 您对喜欢的表演类艺术活动的平均参与频次？（含音乐、舞蹈、戏剧、曲艺杂技等）注：该题目代表形式计算，每年不足10次按每年一次计算，以此类推，该题不以测算数据为主。

每年一次□　每月一次□　每星期一次□　从不参与□

16. 您经常通过哪些方式参与表演艺术活动？（多选，最多三项）

观看演出□　艺术讲座□　艺术沙龙□　课程学习□

艺术创作□

17. 您参与艺术活动的目的？（多选，最多三项）

艺术欣赏与学习□　从业者寻求灵感□　只是陪朋友参与□

无事打发时间□　从不参与□

（完结）

感谢您的参与与支持！

参考文献

［1］顾建华、张占国主编：《美学与美育词典》，学苑出版社1999年版。

［2］张舒予主编：《视觉文化与媒介素养》，南京师范大学出版社2011年版。

［3］赵伶俐、汪宏等：《中国公民审美心理实证研究》，北京大学出版社2010年版。

［4］李心峰主编：《艺术类型学》，生活·读书·新知三联书店2013年版。

［5］《辞海》（普及本），上海辞书出版社1999年版。

［6］蔡清田：《“核心素养”：新课改的目标来源》，《中国社会科学报》2012年10月10日第1版。

［7］单培勇：《对国民素质结构与分类的再探讨》，《河南师范大学学报(哲学社会科学版)》2002年第4期。

［8］黄秀玲、刘颂：《提高市民素质促进和谐发展——南京市市民人文社会素养调查》，《第四期中国现代化研究论坛论文集》2006年8月。

[9] 林义斌、林炎旦：《2012台北市民文化素养调查》，《中国文化产业评论》2014年第1期。

[10] 裴新宁、刘新阳：《为21世纪重建教育——欧盟“核心素养”框架的确立》，《全球教育展望》2013年第12期。

[11] 王曙芬：《国民艺术素养：民族根基的审美延续》，《辽宁大学学报（哲学社会科学版）》2010年第11期。

[12] 王一川：《建国60 年艺术学重心位移及国民艺术素养研究》，《天津社会科学》2009 年第3 期。

[13] 王一川：《通向艺术素养学——改革开放30年艺术理论转向与新的选择》，《社会科学辑刊》2009年第1期。

[14] 杨闽：《信息时代社会大众艺术素养的培养研究》，南京邮电大学硕士研究生学位论文，2012年。

[15] 易晓明、杜丽姣：《高校公共艺术教育现状、实效及改革建议——基于江苏省12 所高校大学生的调查研究》，《美育学刊》2012年第6期。

[16] 章海鸥：《国民素质研究的形而上思考》，《南昌航空大学学报（社会科学版）》2013年第4期。

[17] 周晶：《关于南京师范大学2012级学生艺术素养的调查报告》，《文教资料》2013年第32期。

[18] 周伟业：《论民间艺术与国民艺术素养教育》，《美育学刊》2012年第6期。

[19] 《第八次中国公民科学素养调查结果发布》，《科技传播》2010年第23期。

[20] 《山东省中小学学生素质发展目标》研究课题组：《关于

人的素质及其结构的分析与研究》，《山东教育科研》1998年第2期。

［21］《中华人民共和国文化部2015 年文化发展统计公报》，http：//zwgk.mcprc.gov.cn/auto255/201604/t20160425_30466.html

后 记

《中国公民艺术素养调查（2015）》是我从事文化理论、文化政策等宏观面研究以来，一次从理论向实证性研究的尝试。近二十年来，随着我国经济的发展，国家的文化形象越来越受到重视，不仅在文化事业方面加大了财政投入力度，而且在政策层面支持文化产业的发展。但是，无论是文化事业的繁荣，还是文化产业的勃兴，一个国家的文化发展，与公民的文化素养、艺术素养水平息息相关。每个公民，都应该享受到我国文化艺术繁荣发展的果实，同时也是推动其发展的巨大力量，是文化创新力蕴藏的土壤。因此，了解公民的文化素养、艺术素养水平，是非常必要且具深远意义的工作。

在文化领域进行实证性调查研究，是必要却也是十分困难的。一方面，需要对相对抽象的研究对象确立可以测量测算的指标，选取指标的合理性、科学性都需要经过严格的论证。从理论研究转向指标和数据分析，这于我而言，是尝试性学习。另一方面，面对我国庞大的人口群体、广泛的地理分布，以及区域的差异，选取具有代表性的抽样人群进行调查，也是一项艰巨的工作。从问卷发放到回收，再对调查结果进行统计分析，都是巨大的工作量。难度更大的是，这个领域内的调查工作几乎是空白，从指标确立，到抽样调查、到统计分析，关于公民艺术素养的调查研究都要从头开始。

所幸，调查的统计结果含量巨大，提供了丰富的可供分析的层面。而我也通过这项研究，学习了新的学术研究方法。当然，也正是由于初步尝试调查研究，本报告仍有诸多不完善以及有待改进的地方。关于艺术素养指标的更多可参考维度、关于艺术素养水平的测算模型，都有待继续推进。总之，在文化领域进行各项指标的测量工作，还有广泛的研究空间，需要持续的研究，以便为文化科学决策、为文化理论研究提供更多参考。

这项课题得以顺利完成，离不开各方面的支持。中国艺术科技研究所给予了课题研究经费的支持，课题组成员为课题研究付出了辛勤的劳动。胡晓群、张素贤、陈林都参与承担了一定的科研工作。文化网络协会的柳鹏、石慧玺等在问卷发放、回收统计方面承担了大量的工作。王列生研究员、闫贤良高工都对课题给予了悉心指导。在这里一并表示感谢!

这是一项尚未截止的调查报告，这个领域值得继续探索!

祁 艳

2016年5月